簡繁體字對照手冊

U0101639

海风出版社
HAIFENG PUBLISHING HOUSE

图书在版编目（CIP）数据

简繁体字对照手册/海风出版社编.—福州：海风出
版社，2006.8
ISBN 7-80597-622-8

Ⅰ.简...　Ⅱ.海...　Ⅲ.简化汉字—手册
Ⅳ.H124.2—62

中国版本图书馆 CIP 数据核字（2006）第 098509 号

简繁体字对照手册

海风出版社　编
责任编辑：胡立昀
出版发行：海风出版社
（福州市鼓东路187号 电话:87523250 邮编:350001）
出　版　人：焦红辉
印　　　刷：福州德安彩色印刷有限公司
开　　　本：880×1230 毫米　1/64
印　　　张：3.5印张
字　　　数：100 千字
版　　　次：2006 年 8 月第 1 版
印　　　次：2014 年 7 月第 4 次印刷
书　　　号：ISBN 7-80597-622-8/G·131
定　　　价：18.00 元

目　録

A ai / 99　　an / 99　　ang / 99　　ao / 99

B ba / 99　　bai / 99　　ban / 99　　bang / 99　　bao / 99
　　bei / 99　　ben / 100　　beng / 100　　bi / 100　　bian / 100
　　biao / 100　　bie / 100　　bin / 100　　bing / 101　　bo / 101
　　bu / 101

C cai / 101　　can / 101　　cang / 101　　ce / 101　　cen / 101
　　ceng / 101　　ci / 101　　cong / 102　　cou / 102　　cuan / 102
　　cui / 102　　cuo / 102

CH cha / 102　　chai / 102　　chan / 102　　chang / 102　　chao / 103
　　che / 103　　chen / 103　　cheng / 103　　chi / 103　　chong / 103
　　chou / 103　　chu / 104　　chuan / 104　　chuang / 104　　chui / 104
　　chun / 104　　chuo / 104

D da / 104　　dai / 104　　dan / 104　　dang / 105　　dao / 105
　　de / 105　　deng / 105　　di / 105　　dian / 105　　diao / 105
　　die / 105　　ding / 105　　diu / 106　　dong / 106　　dou / 106
　　du / 106　　duan / 106　　dui / 106　　dun / 106　　duo / 106

E e / 106　　ê / 107　　er / 107

F fa / 107　　fan / 107　　fang / 107　　fei / 107　　fen / 107
　　feng / 107　　fu / 108

G ga / 108　　gai / 108　　gan / 108　　gang / 108　　gao / 108
　　ge / 108　　gei / 109　　geng / 109　　gong / 109　　gou / 109
　　gu / 109　　gua / 109　　guan / 109　　guang / 109　　gui / 109
　　gun / 110　　guo / 110

H ha / 110　　hai / 110　　han / 110　　hang / 110　　hao / 110
　　he / 110　　heng / 110　　hong / 111　　hou / 111　　hu / 111
　　hua / 111　　huai / 111　　huan / 111　　huang / 111　　hui / 111
　　hun / 112　　huo / 112

J ji / 112　　jia / 112　　jian / 113　　jiang / 113　　jiao / 113
　　jie / 113　　jin / 114　　ju / 114　　juan / 114　　jue / 114
　　jun / 114

K kai / 114　　kan / 115　　kang / 115　　kao / 115　　ke / 115
　　ken / 115　　keng / 115　　kou / 115　　ku / 115　　kua / 115
　　kuai / 115　　kuan / 115　　kuang / 115　　kui / 116　　kun / 116
　　kuo / 116

L la / 116　　lai / 116　　lan / 116　　lang / 116　　lao / 117
　　le / 117　　lei / 117　　li / 117　　lia / 117　　lian / 117

注音符號檢索　147

兩岸用語比照　203

簡化字總表 【一】

本表共收簡化字 350 個，按讀音的拼音字母順序排列。本表的簡化字都不得作簡化偏旁使用。

A

碍〈礙〉
肮〈骯〉
袄〈襖〉

B

坝〈壩〉
板〈闆〉
办〈辦〉
帮〈幫〉
宝〈寶〉
报〈報〉
币〈幣〉
毙〈斃〉
标〈標〉
表〈錶〉
别〈彆〉
卜〈蔔〉
补〈補〉

C

才〈纔〉
蚕〈蠶〉
灿〈燦〉
层〈層〉
搀〈攙〉
谗〈讒〉
馋〈饞〉
缠〈纏〉
忏〈懺〉
偿〈償〉
厂〈廠〉
彻〈徹〉
尘〈塵〉
衬〈襯〉
称〈稱〉
惩〈懲〉
迟〈遲〉
冲〈衝〉
丑〈醜〉

出〈齣〉
础〈礎〉
处〈處〉
触〈觸〉
辞〈辭〉
聪〈聰〉
丛〈叢〉

D

担〈擔〉
胆〈膽〉
导〈導〉
灯〈燈〉
邓〈鄧〉
敌〈敵〉
籴〈糴〉
递〈遞〉
点〈點〉
淀〈澱〉
电〈電〉

冬　〈鼕〉
斗　〈鬥〉
独　〈獨〉
吨　〈噸〉
夺　〈奪〉
堕　〈墮〉

E

儿　〈兒〉

F

矾　〈礬〉
范　〈範〉
飞　〈飛〉
坟　〈墳〉
奋　〈奮〉
粪　〈糞〉
凤　〈鳳〉
肤　〈膚〉
妇　〈婦〉
复　〈復〉
　　〈複〉

G

盖　〈蓋〉
干　〈乾〉
　　〈幹〉
赶　〈趕〉
个　〈個〉
巩　〈鞏〉
沟　〈溝〉
构　〈構〉
购　〈購〉
谷　〈穀〉
顾　〈顧〉
刮　〈颳〉
关　〈關〉
观　〈觀〉
柜　〈櫃〉

H

汉　〈漢〉
号　〈號〉
合　〈閤〉
轰　〈轟〉

后　〈後〉
胡　〈鬍〉
壶　〈壺〉
沪　〈滬〉
护　〈護〉
划　〈劃〉
怀　〈懷〉
坏　〈壞〉
环　〈環〉
还　〈還〉
欢　〈歡〉
回　〈迴〉
伙　〈夥〉
获　〈獲〉
　　〈穫〉

J

击　〈擊〉
鸡　〈鷄〉
积　〈積〉
极　〈極〉
际　〈際〉
继　〈繼〉

家	〈傢〉	据	〈據〉	类	〈類〉
价	〈價〉	惧	〈懼〉	垒	〈壘〉
艰	〈艱〉	卷	〈捲〉	里	〈裏〉
歼	〈殲〉			礼	〈禮〉
茧	〈繭〉			隶	〈隸〉
拣	〈揀〉	**K**		帘	〈簾〉
硷	〈鹼〉			联	〈聯〉
舰	〈艦〉	开	〈開〉	怜	〈憐〉
姜	〈薑〉	克	〈剋〉	炼	〈煉〉
浆	〈漿〉	垦	〈墾〉	练	〈練〉
桨	〈槳〉	恳	〈懇〉	粮	〈糧〉
奖	〈獎〉	夸	〈誇〉	疗	〈療〉
讲	〈講〉	块	〈塊〉	辽	〈遼〉
酱	〈醬〉	亏	〈虧〉	了	〈瞭〉
胶	〈膠〉	困	〈睏〉	猎	〈獵〉
阶	〈階〉			临	〈臨〉
疖	〈癤〉			邻	〈鄰〉
洁	〈潔〉	**L**		岭	〈嶺〉
借	〈藉〉			庐	〈廬〉
仅	〈僅〉	腊	〈臘〉	芦	〈蘆〉
惊	〈驚〉	蜡	〈蠟〉	炉	〈爐〉
竞	〈競〉	兰	〈蘭〉	陆	〈陸〉
旧	〈舊〉	拦	〈攔〉	驴	〈驢〉
剧	〈劇〉	栏	〈欄〉	乱	〈亂〉
		烂	〈爛〉		
		累	〈纍〉		

M

么	〈麼〉
霉	〈黴〉
蒙	〈矇〉
	〈濛〉
	〈懞〉
梦	〈夢〉
面	〈麵〉
庙	〈廟〉
灭	〈滅〉
蔑	〈衊〉
亩	〈畝〉

N

恼	〈惱〉
脑	〈腦〉
拟	〈擬〉
酿	〈釀〉
疟	〈瘧〉

P

盘	〈盤〉

辟	〈闢〉
苹	〈蘋〉
凭	〈憑〉
扑	〈撲〉
仆	〈僕〉
朴	〈樸〉

Q

启	〈啓〉
签	〈簽〉
千	〈韆〉
牵	〈牽〉
纤	〈縴〉
	〈纖〉
窍	〈竅〉
窃	〈竊〉
寝	〈寢〉
庆	〈慶〉
琼	〈瓊〉
秋	〈鞦〉
曲	〈麯〉
权	〈權〉
劝	〈勸〉

确	〈確〉

R

让	〈讓〉
扰	〈擾〉
热	〈熱〉
认	〈認〉

S

洒	〈灑〉
伞	〈傘〉
丧	〈喪〉
扫	〈掃〉
涩	〈澀〉
晒	〈曬〉
伤	〈傷〉
舍	〈捨〉
沈	〈瀋〉
声	〈聲〉
胜	〈勝〉
湿	〈濕〉
实	〈實〉

适 〈適〉
势 〈勢〉
兽 〈獸〉
书 〈書〉
术 〈術〉
树 〈樹〉
帅 〈帥〉
松 〈鬆〉
苏 〈蘇〉
　 〈囌〉
虽 〈雖〉
随 〈隨〉

T

台 〈臺〉
　 〈檯〉
　 〈颱〉
态 〈態〉
坛 〈壇〉
　 〈罎〉
叹 〈嘆〉
誉 〈譽〉
体 〈體〉

粜 〈糶〉
铁 〈鐵〉
听 〈聽〉
厅 〈廳〉
头 〈頭〉
图 〈圖〉
涂 〈塗〉
团 〈團〉
　 〈糰〉
椭 〈橢〉

W

洼 〈窪〉
袜 〈襪〉
网 〈網〉
卫 〈衛〉
稳 〈穩〉
务 〈務〉
雾 〈霧〉

X

牺 〈犧〉

习 〈習〉
系 〈係〉
　 〈繫〉
戏 〈戲〉
虾 〈蝦〉
吓 〈嚇〉
咸 〈鹹〉
显 〈顯〉
宪 〈憲〉
县 〈縣〉
响 〈響〉
向 〈嚮〉
协 〈協〉
胁 〈脅〉
亵 〈褻〉
衅 〈釁〉
兴 〈興〉
须 〈鬚〉
悬 〈懸〉
选 〈選〉
旋 〈鏇〉

Y

压 〈壓〉

盐　〈鹽〉
阳　〈陽〉
养　〈養〉
痒　〈癢〉
样　〈樣〉
钥　〈鑰〉
药　〈藥〉
爷　〈爺〉
叶　〈葉〉
医　〈醫〉
亿　〈億〉
忆　〈憶〉
应　〈應〉
痈　〈癰〉
拥　〈擁〉
佣　〈傭〉
踊　〈踴〉
忧　〈憂〉
优　〈優〉
邮　〈郵〉
余　〈餘〉
御　〈禦〉
吁　〈籲〉
郁　〈鬱〉
誉　〈譽〉

渊　〈淵〉
园　〈園〉
远　〈遠〉
愿　〈願〉
跃　〈躍〉
运　〈運〉
酝　〈醞〉

Z

杂　〈雜〉
赃　〈臟〉
脏　〈臟〉
　　〈髒〉
凿　〈鑿〉
枣　〈棗〉
灶　〈竈〉
斋　〈齋〉
毡　〈氈〉
战　〈戰〉
赵　〈趙〉
折　〈摺〉
这　〈這〉
征　〈徵〉
症　〈癥〉

证　〈證〉
只　〈隻〉
　　〈祇〉
　　〈衹〉
致　〈緻〉
制　〈製〉
钟　〈鐘〉
　　〈鍾〉
肿　〈腫〉
种　〈種〉
众　〈眾〉
昼　〈晝〉
朱　〈硃〉
烛　〈燭〉
筑　〈築〉
庄　〈莊〉
桩　〈樁〉
妆　〈妝〉
装　〈裝〉
壮　〈壯〉
状　〈狀〉
准　〈準〉
浊　〈濁〉
总　〈總〉
钻　〈鑽〉

簡化字總表 【二】

本表收簡化字 132 個,按讀音的拼音字母順序排列;另收簡化偏旁 14 個,置於表後,按筆畫順序排列。本表所收字形可作偏旁使用。

A

爱 〈愛〉

B

罢 〈罷〉
备 〈備〉
贝 〈貝〉
笔 〈筆〉
毕 〈畢〉
边 〈邊〉
宾 〈賓〉

C

参 〈參〉
仓 〈倉〉
产 〈産〉
长 〈長〉

尝 〈嘗〉
车 〈車〉
齿 〈齒〉
虫 〈蟲〉
刍 〈芻〉
从 〈從〉
窜 〈竄〉

D

达 〈達〉
带 〈帶〉
单 〈單〉
当 〈當〉
   〈噹〉
党 〈黨〉
东 〈東〉
动 〈動〉
断 〈斷〉
对 〈對〉

队 〈隊〉

E

尔 〈爾〉

F

发 〈發〉
   〈髮〉
丰 〈豐〉
风 〈風〉

G

冈 〈岡〉
广 〈廣〉
归 〈歸〉
龟 〈龜〉
国 〈國〉

过　〈過〉

H

华　〈華〉
画　〈畫〉
汇　〈匯〉
　　〈彙〉
会　〈會〉

J

几　〈幾〉
夹　〈夾〉
戋　〈戔〉
监　〈監〉
见　〈見〉
荐　〈薦〉
将　〈將〉
节　〈節〉
尽　〈盡〉
　　〈儘〉
进　〈進〉
举　〈舉〉

K

壳　〈殼〉

L

来　〈來〉
乐　〈樂〉
离　〈離〉
历　〈歷〉
　　〈曆〉
丽　〈麗〉
两　〈兩〉
灵　〈靈〉
刘　〈劉〉
龙　〈龍〉
娄　〈婁〉
卢　〈盧〉
虏　〈虜〉
卤　〈鹵〉
　　〈滷〉
录　〈錄〉
虑　〈慮〉
仑　〈侖〉
罗　〈羅〉

M

马　〈馬〉
买　〈買〉
卖　〈賣〉
麦　〈麥〉
门　〈門〉
黾　〈黽〉

N

难　〈難〉
鸟　〈鳥〉
聂　〈聶〉
宁　〈寧〉
农　〈農〉

Q

齐　〈齊〉
岂　〈豈〉
气　〈氣〉
迁　〈遷〉
金　〈僉〉
乔　〈喬〉
亲　〈親〉

穷〈窮〉
区〈區〉

S

啬〈嗇〉
杀〈殺〉
审〈審〉
圣〈聖〉
师〈師〉
时〈時〉
寿〈壽〉
属〈屬〉
双〈雙〉
肃〈肅〉
岁〈歲〉
孙〈孫〉

T

条〈條〉

W

万〈萬〉
为〈為〉

韦〈韋〉
乌〈烏〉
无〈無〉

X

献〈獻〉
乡〈鄉〉
写〈寫〉
寻〈尋〉

Y

亚〈亞〉
严〈嚴〉
厌〈厭〉
尧〈堯〉
业〈業〉
页〈頁〉
义〈義〉
艺〈藝〉
阴〈陰〉
隐〈隱〉
犹〈猶〉
鱼〈魚〉
与〈與〉

云〈雲〉

Z

郑〈鄭〉
执〈執〉
质〈質〉
专〈專〉

簡化偏旁

讠〈言〉
饣〈食〉
纟〈糸〉
収〈臤〉
収〈臤〉
只〈戠〉
钅〈金〉
𢀖〈睪〉
𡿺〈絲〉
呙〈咼〉

新舊字形對照表

舊字形	新字形	舊字形	新字形
八②	ヅ②	靑⑧	青⑦
艹④	艹③	者⑨	者⑧
辶④	辶③	直⑧	直⑧
开⑥	开④	黾⑧	黾⑧
丰④	丰④	咼⑨	咼⑧
巨⑤	巨④	垂⑨	垂⑧
屯④	屯④	飠⑨	飠⑧
牙④	牙④	郞⑨	郎⑧
瓦⑤	瓦④	彔⑧	录⑧
反④	反④	盅⑩	盅⑩
示⑤	礻④	骨⑩	骨⑩
丑⑤	丑④	鬼⑩	鬼⑩
发⑤	发⑤	俞⑨	俞⑨
印⑥	印⑥	旣⑨	既⑨
耒⑥	耒⑥	蚤⑩	蚤⑩
吕⑦	吕⑥	敖⑪	敖⑩
攸⑦	攸⑥	莽⑫	莽⑩
争⑧	争⑥	眞⑩	真⑩
产⑥	产⑥	畚⑩	畚⑩
芈⑦	芈⑥	殺⑪	殺⑩
幷⑧	并⑥	黃⑫	黄⑪
羽⑥	羽⑥	虛⑪	虚⑪
吳⑦	吴⑦	異⑪	異⑪
角⑦	角⑦	象⑫	象⑪
奐⑨	奂⑦	奧⑬	奥⑫
甭⑧	甭⑦	普⑬	普⑫

從簡體字筆畫查繁體字

從簡體字筆畫查繁體字

二畫

厂 〈廠〉
〈厂〉
卜 〈蔔〉
〈卜〉
儿 〈兒〉
几 〈幾〉
〈几〉
了 〈瞭〉
〈了〉

三畫

干 〈乾〉
〈幹〉
〈干〉
〈虧〉
亏 〈亏〉
才 〈纔〉
〈才〉

万 〈萬〉
〈万〉
与 〈與〉
千 〈韆〉
〈千〉
亿 〈億〉
个 〈個〉
么 〈麼〉
〈么〉
广 〈廣〉
〈广〉
门 〈門〉
义 〈義〉
卫 〈衛〉
飞 〈飛〉
习 〈習〉
马 〈馬〉
乡 〈鄉〉

四畫

【一】

丰 〈豐〉
〈丰〉
开 〈開〉
无 〈無〉
〈无〉
韦 〈韋〉
专 〈專〉
云 〈雲〉
〈云〉
扎 〈紮〉
〈紥〉
〈扎〉
艺 〈藝〉
厅 〈廳〉
历 〈歷〉
〈曆〉
区 〈區〉
巨 〈鉅〉
〈巨〉
车 〈車〉

【丨】
冈 〈岡〉
贝 〈貝〉
见 〈見〉

【丿】
气 〈氣〉
升 〈昇〉
　 〈陞〉
　 〈升〉
长 〈長〉
仆 〈僕〉
　 〈仆〉
币 〈幣〉
从 〈從〉
仑 〈侖〉
凶 〈兇〉
　 〈凶〉
仓 〈倉〉
风 〈風〉
仅 〈僅〉
凤 〈鳳〉
乌 〈烏〉

【丶】
闩 〈閂〉

为 〈為〉
斗 〈鬥〉
　 〈斗〉
忆 〈憶〉
订 〈訂〉
计 〈計〉
讣 〈訃〉
认 〈認〉
讥 〈譏〉

【一】
丑 〈醜〉
　 〈丑〉
队 〈隊〉
办 〈辦〉
邓 〈鄧〉
劝 〈勸〉
双 〈雙〉
书 〈書〉

五畫

【一】
击 〈擊〉
戋 〈戔〉

扑 〈撲〉
　 〈扑〉
节 〈節〉
札 〈劄〉
　 〈剳〉
　 〈札〉
术 〈術〉
　 〈术〉
龙 〈龍〉
厉 〈厲〉
布 〈佈〉
　 〈布〉
灭 〈滅〉
东 〈東〉
轧 〈軋〉

【丨】
占 〈佔〉
　 〈占〉
卢 〈盧〉
业 〈業〉
旧 〈舊〉
帅 〈帥〉
归 〈歸〉

叶　〈葉〉
　　〈叶〉
号　〈號〉
电　〈電〉
只　〈隻〉
　　〈祇〉
　　〈衹〉
　　〈只〉
叽　〈嘰〉
叹　〈嘆〉

【丿】

们　〈們〉
仪　〈儀〉
丛　〈叢〉
尔　〈爾〉
乐　〈樂〉
处　〈處〉
冬　〈鼕〉
　　〈冬〉
鸟　〈鳥〉
务　〈務〉
刍　〈芻〉
饥　〈饑〉
　　〈飢〉

【丶】

邝　〈鄺〉
冯　〈馮〉
闪　〈閃〉
兰　〈蘭〉
汇　〈匯〉
　　〈彙〉
头　〈頭〉
汉　〈漢〉
宁　〈寧〉
　　〈宁〉
它　〈牠〉
　　〈它〉
写　〈寫〉
讦　〈訐〉
讧　〈訌〉
讨　〈討〉
让　〈讓〉
讪　〈訕〉
讫　〈訖〉
训　〈訓〉
议　〈議〉
讯　〈訊〉
记　〈記〉
礼　〈禮〉

【一】

辽　〈遼〉
边　〈邊〉
出　〈齣〉
　　〈出〉
发　〈發〉
　　〈髮〉
圣　〈聖〉
对　〈對〉
台　〈臺〉
　　〈檯〉
　　〈颱〉
　　〈台〉
纠　〈糾〉
丝　〈絲〉
驭　〈馭〉

六畫

【一】

玑　〈璣〉
动　〈動〉
巩　〈鞏〉
　　〈巩〉

扩 〈擴〉
扪 〈捫〉
扫 〈掃〉
扬 〈揚〉
执 〈執〉
场 〈場〉
圹 〈壙〉
亚 〈亞〉
芗 〈薌〉
朴 〈樸〉
　 〈朴〉
机 〈機〉
　 〈机〉
权 〈權〉
协 〈協〉
压 〈壓〉
厌 〈厭〉
库 〈庫〉
页 〈頁〉
夸 〈誇〉
　 〈夸〉
夺 〈奪〉
达 〈達〉
过 〈過〉

迈 〈邁〉
夹 〈夾〉
轨 〈軌〉
尧 〈堯〉
划 〈劃〉
　 〈划〉
毕 〈畢〉

【丨】

贞 〈貞〉
师 〈師〉
当 〈當〉
　 〈噹〉
尘 〈塵〉
吁 〈籲〉
　 〈吁〉
吓 〈嚇〉
吗 〈嗎〉
虫 〈蟲〉
曲 〈麯〉
　 〈曲〉
团 〈團〉
　 〈糰〉
屿 〈嶼〉
岁 〈歲〉

岂 〈豈〉
回 〈迴〉
　 〈回〉
则 〈則〉
刚 〈剛〉
网 〈網〉

【丿】

钆 〈釓〉
钇 〈釔〉
朱 〈硃〉
　 〈朱〉
迁 〈遷〉
乔 〈喬〉
华 〈華〉
伟 〈偉〉
传 〈傳〉
伛 〈傴〉
优 〈優〉
伤 〈傷〉
伥 〈倀〉
价 〈價〉
伦 〈倫〉
伧 〈傖〉
伙 〈夥〉

24

伪	〈偽〉	妆	〈妝〉	诉	〈訴〉
向	〈嚮〉	冲	〈衝〉	论	〈論〉
	〈向〉		〈沖〉	讻	〈訩〉
后	〈後〉	庄	〈莊〉	讼	〈訟〉
	〈后〉	庆	〈慶〉	讽	〈諷〉
会	〈會〉	刘	〈劉〉	设	〈設〉
杀	〈殺〉	齐	〈齊〉	访	〈訪〉
合	〈閤〉	产	〈產〉	诀	〈訣〉
	〈合〉	闭	〈閉〉	农	〈農〉
众	〈衆〉	问	〈問〉	军	〈軍〉
伞	〈傘〉	闯	〈闖〉	【一】	
爷	〈爺〉	关	〈關〉	寻	〈尋〉
创	〈創〉	灯	〈燈〉	尽	〈盡〉
杂	〈雜〉	汤	〈湯〉		〈儘〉
负	〈負〉	忏	〈懺〉	异	〈異〉
犷	〈獷〉	兴	〈興〉	导	〈導〉
犸	〈獁〉	讲	〈講〉	孙	〈孫〉
凫	〈鳬〉	讳	〈諱〉	阵	〈陣〉
邬	〈鄔〉	讴	〈謳〉	阳	〈陽〉
饦	〈飥〉	讵	〈詎〉	阶	〈階〉
饧	〈餳〉	讶	〈訝〉	阴	〈陰〉
【、】		讷	〈訥〉	妇	〈婦〉
		许	〈許〉	妈	〈媽〉
壮	〈壯〉	讹	〈訛〉	戏	〈戲〉

观	〈觀〉	玛	〈瑪〉	抚	〈撫〉
欢	〈歡〉	连	〈連〉	抟	〈搏〉
买	〈買〉	进	〈進〉	抠	〈摳〉
驰	〈馳〉	远	〈遠〉	护	〈護〉
驮	〈馱〉	违	〈違〉	报	〈報〉
驯	〈馴〉	运	〈運〉	拟	〈擬〉
纤	〈縴〉	还	〈還〉	㧖	〈攖〉
	〈纖〉	韧	〈韌〉	壳	〈殼〉
纩	〈纊〉	㓞	〈剗〉	声	〈聲〉
红	〈紅〉	坊	〈壎〉	芜	〈蕪〉
纣	〈紂〉	坟	〈墳〉	苇	〈葦〉
纥	〈紇〉	坝	〈壩〉	苎	〈苧〉
纨	〈紈〉	坛	〈壇〉	芸	〈蕓〉
约	〈約〉		〈罎〉		〈蕓〉
级	〈級〉	坏	〈壞〉	苈	〈藶〉
纩	〈纊〉	坞	〈塢〉	苋	〈莧〉
纪	〈紀〉	块	〈塊〉	苁	〈蓯〉
纫	〈紉〉	贡	〈貢〉	苍	〈蒼〉
		㧟	〈擓〉	芦	〈蘆〉
		折	〈摺〉	劳	〈勞〉
七畫			〈折〉	苏	〈蘇〉
		抢	〈掄〉		〈囌〉
【一】		抢	〈搶〉		
寿	〈壽〉	扰	〈擾〉	极	〈極〉
麦	〈麥〉			杨	〈楊〉

严	〈嚴〉	吭	〈嘸〉	帐	〈帳〉
克	〈剋〉	吃	〈噎〉	岖	〈嶇〉
	〈尅〉	呜	〈嗚〉	岗	〈崗〉
两	〈兩〉	呛	〈嗆〉	岘	〈峴〉
丽	〈麗〉	呗	〈唄〉	岚	〈嵐〉
医	〈醫〉	听	〈聽〉	岅	〈岅〉
	〈医〉	吨	〈噸〉	【丿】	
励	〈勵〉	呕	〈嘔〉	针	〈針〉
矶	〈磯〉	呖	〈嚦〉	钉	〈釘〉
忐	〈奩〉	呆	〈獃〉	钊	〈釗〉
歼	〈殲〉		〈騃〉	钋	〈釙〉
来	〈來〉	旷	〈曠〉	钉	〈釕〉
欤	〈歟〉	旸	〈暘〉	乱	〈亂〉
轩	〈軒〉	园	〈園〉	体	〈體〉
轫	〈軔〉	围	〈圍〉		〈体〉
【丨】		困	〈睏〉	佣	〈傭〉
卤	〈鹵〉		〈困〉		〈佣〉
	〈滷〉	囵	〈圇〉	伥	〈倀〉
邺	〈鄴〉	邮	〈郵〉	彻	〈徹〉
坚	〈堅〉	员	〈員〉	余	〈餘〉
时	〈時〉	财	〈財〉		〈余〉
县	〈縣〉	别	〈彆〉	佥	〈僉〉
里	〈裏〉		〈別〉	谷	〈穀〉
	〈里〉	帏	〈幃〉		〈谷〉

邻	〈鄰〉
邹	〈鄒〉
肠	〈腸〉
龟	〈龜〉
犹	〈猶〉
狈	〈狽〉
鸠	〈鳩〉
条	〈條〉
岛	〈島〉
饨	〈飩〉
饩	〈餼〉
饪	〈飪〉
饫	〈飫〉
饬	〈飭〉
饭	〈飯〉
饮	〈飲〉
系	〈係〉
	〈繫〉
	〈系〉

【、】

冻	〈凍〉
状	〈狀〉
启	〈啟〉
亩	〈畝〉

庑	〈廡〉
庐	〈廬〉
床	〈牀〉
库	〈庫〉
应	〈應〉
疖	〈癤〉
疗	〈療〉
这	〈這〉
弃	〈棄〉
闰	〈閏〉
闱	〈闈〉
闲	〈閑〉
间	〈間〉
闵	〈閔〉
闷	〈悶〉
灿	〈燦〉
灶	〈竈〉
炀	〈煬〉
沣	〈灃〉
沤	〈漚〉
沥	〈瀝〉
沦	〈淪〉
沧	〈滄〉
沨	〈渢〉

沟	〈溝〉
	〈沟〉
沩	〈潙〉
沈	〈瀋〉
	〈沈〉
忾	〈懨〉
怀	〈懷〉
	〈怀〉
怄	〈慪〉
忧	〈憂〉
忾	〈愾〉
怅	〈悵〉
怆	〈愴〉
灾	〈災〉
穷	〈窮〉
证	〈證〉
诂	〈詁〉
词	〈詞〉
评	〈評〉
诅	〈詛〉
识	〈識〉
诇	〈詗〉
诈	〈詐〉
诉	〈訴〉

诊 〈診〉	鸡 〈鷄〉	**八畫**
诋 〈詆〉	纬 〈緯〉	
诒 〈詒〉	纭 〈紜〉	【一】
诎 〈詘〉	纯 〈純〉	玮 〈瑋〉
诏 〈詔〉	纰 〈紕〉	环 〈環〉
译 〈譯〉	纱 〈紗〉	玱 〈瑲〉
诒 〈詒〉	纲 〈綱〉	现 〈現〉
补 〈補〉	纳 〈納〉	表 〈錶〉
【一】	纴 〈紝〉	〈表〉
灵 〈靈〉	纵 〈縱〉	责 〈責〉
层 〈層〉	纶 〈綸〉	规 〈規〉
迟 〈遲〉	纷 〈紛〉	瓯 〈甌〉
张 〈張〉	纸 〈紙〉	垆 〈壚〉
际 〈際〉	纹 〈紋〉	势 〈勢〉
陆 〈陸〉	纺 〈紡〉	顶 〈頂〉
陇 〈隴〉	纠 〈紉〉	拢 〈攏〉
陈 〈陳〉	纽 〈紐〉	拣 〈揀〉
坠 〈墜〉	纾 〈紓〉	担 〈擔〉
陉 〈陘〉	绀 〈紺〉	拥 〈擁〉
妪 〈嫗〉	驴 〈驢〉	拦 〈攔〉
妩 〈嫵〉	驳 〈駁〉	扣 〈攙〉
妫 〈媯〉	驱 〈驅〉	拧 〈擰〉
刭 〈剄〉		拨 〈撥〉
劲 〈勁〉		择 〈擇〉

茏	〈龍〉		〈杰〉	轮	〈輪〉
苹	〈蘋〉	丧	〈喪〉	软	〈軟〉
茑	〈蔦〉	画	〈畫〉	鸢	〈鳶〉
范	〈範〉	枣	〈棗〉		
	〈范〉	卖	〈賣〉	【 丨 】	
茔	〈塋〉	郁	〈鬱〉	齿	〈齒〉
荧	〈熒〉		〈郁〉	虏	〈虜〉
茎	〈莖〉	矾	〈礬〉	肾	〈腎〉
枢	〈樞〉	矿	〈礦〉	贤	〈賢〉
枥	〈櫪〉	砀	〈碭〉	昙	〈曇〉
柜	〈櫃〉	码	〈碼〉	昆	〈崑〉
	〈柜〉	厕	〈廁〉		〈昆〉
枧	〈梘〉	奋	〈奮〉	畅	〈暢〉
枫	〈楓〉	态	〈態〉	咙	〈嚨〉
枨	〈棖〉	瓯	〈甌〉	鸣	〈鳴〉
板	〈闆〉	欧	〈歐〉	咛	〈嚀〉
	〈板〉	殴	〈毆〉	咝	〈噝〉
枞	〈樅〉	垄	〈壟〉	罗	〈羅〉
松	〈鬆〉	郏	〈郟〉	岩	〈巖〉
	〈松〉	轰	〈轟〉		〈岩〉
枪	〈槍〉	顷	〈頃〉	岽	〈崬〉
枫	〈楓〉	转	〈轉〉	岿	〈巋〉
构	〈構〉	轭	〈軛〉	岭	〈嶺〉
杰	〈傑〉	斩	〈斬〉	刿	〈劌〉
				剀	〈剴〉

30

凯	〈凱〉	制	〈製〉	觅	〈覓〉
峄	〈嶧〉		〈制〉	贪	〈貪〉
帜	〈幟〉	刮	〈颳〉	贫	〈貧〉
虮	〈蟣〉		〈刮〉	货	〈貨〉
鼋	〈黿〉	刽	〈劊〉	质	〈質〉
国	〈國〉	郐	〈鄶〉	饯	〈餞〉
图	〈圖〉	岳	〈嶽〉	肤	〈膚〉
败	〈敗〉		〈岳〉	胲	〈膊〉
账	〈賬〉	侠	〈俠〉	肿	〈腫〉
贩	〈販〉	侥	〈僥〉	胀	〈脹〉
贬	〈貶〉	侦	〈偵〉	肮	〈骯〉
贮	〈貯〉	侧	〈側〉		〈肮〉
购	〈購〉	凭	〈憑〉	胁	〈脅〉
【丿】		侨	〈僑〉	周	〈週〉
钍	〈釷〉	侩	〈儈〉		〈周〉
钎	〈釺〉	侪	〈儕〉	迤	〈邐〉
钏	〈釧〉	侬	〈儂〉	鱼	〈魚〉
钐	〈釤〉	征	〈徵〉	狞	〈獰〉
钓	〈釣〉		〈征〉	备	〈備〉
钒	〈釩〉	径	〈徑〉	枭	〈梟〉
钔	〈鍆〉	舍	〈捨〉	钱	〈錢〉
钕	〈釹〉		〈舍〉	饰	〈飾〉
钖	〈鍚〉	丛	〈叢〉	饱	〈飽〉
钗	〈釵〉	籴	〈糴〉	饲	〈飼〉

绌 〈絀〉	注 〈註〉	诙 〈詼〉
饴 〈飴〉	〈注〉	诚 〈誠〉
【丶】	泞 〈濘〉	诛 〈誅〉
变 〈變〉	泻 〈瀉〉	话 〈話〉
庞 〈龐〉	泼 〈潑〉	诞 〈誕〉
废 〈廢〉	泽 〈澤〉	诟 〈詬〉
庙 〈廟〉	泾 〈涇〉	诠 〈詮〉
疟 〈瘧〉	怜 〈憐〉	诡 〈詭〉
疠 〈癘〉	怄 〈慪〉	询 〈詢〉
疡 〈瘍〉	怿 〈懌〉	诣 〈詣〉
剂 〈劑〉	峃 〈嶨〉	诤 〈諍〉
闸 〈閘〉	学 〈學〉	该 〈該〉
闹 〈鬧〉	宝 〈寶〉	详 〈詳〉
卷 〈捲〉	宠 〈寵〉	诧 〈詫〉
〈卷〉	审 〈審〉	诨 〈諢〉
单 〈單〉	帘 〈簾〉	诩 〈詡〉
炜 〈煒〉	〈帘〉	郑 〈鄭〉
炝 〈熗〉	实 〈實〉	郓 〈鄆〉
炉 〈爐〉	诓 〈誆〉	衬 〈襯〉
浅 〈淺〉	诔 〈誄〉	袆 〈褘〉
泷 〈瀧〉	试 〈試〉	视 〈視〉
泸 〈瀘〉	诖 〈詿〉	【一】
泪 〈淚〉	诗 〈詩〉	肃 〈肅〉
泺 〈濼〉	诘 〈詰〉	隶 〈隸〉

	〈隶〉	经	〈經〉	垲	〈塏〉
录	〈錄〉	给	〈給〉	垫	〈墊〉
弥	〈彌〉	驵	〈駔〉	垩	〈堊〉
	〈瀰〉	驾	〈駕〉	垭	〈埡〉
陕	〈陝〉	驾	〈駕〉	挜	〈掗〉
参	〈參〉	驵	〈駔〉	挂	〈掛〉
艰	〈艱〉	驶	〈駛〉	挝	〈撾〉
线	〈線〉	驸	〈駙〉	挞	〈撻〉
绀	〈紺〉	驹	〈駒〉	挟	〈挾〉
绁	〈紲〉	驺	〈騶〉	挠	〈撓〉
绂	〈紱〉	驻	〈駐〉	挡	〈擋〉
练	〈練〉	驼	〈駝〉	挢	〈撟〉
组	〈組〉	驿	〈驛〉	挤	〈擠〉
绅	〈紳〉	贯	〈貫〉	挥	〈揮〉
绅	〈紳〉			挦	〈撏〉
细	〈細〉			赵	〈趙〉
终	〈終〉			贳	〈貰〉
织	〈織〉	**九畫**		荐	〈薦〉
绉	〈縐〉	**【一】**		荚	〈莢〉
绊	〈絆〉	贰	〈貳〉	贳	〈貰〉
绋	〈紼〉	帮	〈幫〉	荛	〈蕘〉
绌	〈絀〉	珑	〈瓏〉	荜	〈蓽〉
绍	〈紹〉	顸	〈頇〉	茧	〈繭〉
绎	〈繹〉	项	〈項〉	荞	〈蕎〉

荟	〈薈〉	桤	〈榿〉	轪	〈軑〉
荠	〈薺〉	树	〈樹〉	轸	〈軫〉
荡	〈蕩〉	带	〈帶〉	轹	〈轢〉
荣	〈榮〉	胡	〈鬍〉	轺	〈軺〉
荤	〈葷〉		〈鬍〉	轻	〈輕〉
荥	〈滎〉	鸻	〈鴴〉	鸦	〈鴉〉
荦	〈犖〉	郦	〈酈〉	鸥	〈鷗〉
荧	〈熒〉	咸	〈鹹〉	䩄	〈靦〉
荨	〈蕁〉		〈咸〉	虿	〈蠆〉
荩	〈藎〉	砖	〈磚〉	**【丨】**	
荪	〈蓀〉	砗	〈硨〉	战	〈戰〉
荫	〈蔭〉	砚	〈硯〉	觇	〈覘〉
荭	〈葒〉	砜	〈碸〉	点	〈點〉
荮	〈葤〉	面	〈麵〉	临	〈臨〉
药	〈藥〉		〈面〉	览	〈覽〉
标	〈標〉	厘	〈釐〉	竖	〈竪〉
栈	〈棧〉		〈厘〉	尝	〈嘗〉
栉	〈櫛〉	牵	〈牽〉	呕	〈嘔〉
栊	〈櫳〉	残	〈殘〉	眬	〈矓〉
栋	〈棟〉	殇	〈殤〉	哄	〈鬨〉
栌	〈櫨〉	轲	〈軻〉		〈鬨〉
栎	〈櫟〉	轳	〈轤〉		〈哄〉
栏	〈欄〉	轴	〈軸〉	哑	〈啞〉
柠	〈檸〉	轶	〈軼〉	哒	〈噠〉

哓	〈嘵〉	贴	〈貼〉	钦	〈欽〉
哔	〈嗶〉	觃	〈覎〉	钭	〈斜〉
哕	〈噦〉	贻	〈貽〉	钮	〈鈕〉
哗	〈嘩〉	**【丿】**		钯	〈鈀〉
响	〈響〉	钘	〈鈃〉	毡	〈氈〉
哙	〈噲〉	钙	〈鈣〉	氢	〈氫〉
哝	〈噥〉	钚	〈鈈〉	选	〈選〉
哟	〈喲〉	钛	〈鈦〉	适	〈適〉
虽	〈雖〉	钝	〈鈍〉		〈适〉
骂	〈罵〉	钞	〈鈔〉	种	〈種〉
虾	〈蝦〉	钟	〈鐘〉		〈种〉
蚁	〈蟻〉		〈鍾〉	秋	〈鞦〉
蚂	〈螞〉	钡	〈鋇〉		〈秋〉
剐	〈剮〉	钢	〈鋼〉	复	〈復〉
郧	〈鄖〉	钠	〈鈉〉		〈複〉
勋	〈勛〉	钥	〈鑰〉	笃	〈篤〉
贵	〈貴〉	钦	〈欽〉	俦	〈儔〉
峡	〈峽〉	钧	〈鈞〉	俨	〈儼〉
峣	〈嶢〉	铃	〈鈴〉	俩	〈倆〉
峤	〈嶠〉	钨	〈鎢〉	俪	〈儷〉
帧	〈幀〉	钩	〈鈎〉	俭	〈儉〉
罚	〈罰〉	钪	〈鈧〉	贷	〈貸〉
显	〈顯〉	钫	〈鈁〉	贸	〈貿〉
贱	〈賤〉				

顺 〈順〉
剑 〈劍〉
须 〈鬚〉
　 〈須〉
胧 〈朧〉
胨 〈腖〉
胪 〈臚〉
胆 〈膽〉
胜 〈勝〉
　 〈胜〉
脉 〈脈〉
胫 〈脛〉
鸧 〈鴒〉
鸽 〈鴿〉
狭 〈狹〉
狯 〈獪〉
狱 〈獄〉
狲 〈猻〉
饵 〈餌〉
饶 〈饒〉
蚀 〈蝕〉
饷 〈餉〉

饸 〈餄〉
饹 〈餎〉
饻 〈餏〉
饺 〈餃〉
饼 〈餅〉

【丶】

峦 〈巒〉
弯 〈彎〉
孪 〈孿〉
娈 〈孌〉
将 〈將〉
奖 〈獎〉
迹 〈跡〉
　 〈蹟〉
疬 〈癧〉
疮 〈瘡〉
疯 〈瘋〉
亲 〈親〉
飒 〈颯〉
闺 〈閨〉
闻 〈聞〉
闼 〈闥〉
闽 〈閩〉

闾 〈閭〉
闿 〈闓〉
阀 〈閥〉
阁 〈閣〉
阂 〈閡〉
阆 〈閬〉
养 〈養〉
姜 〈薑〉
　 〈姜〉
类 〈類〉
娄 〈婁〉
总 〈總〉
炼 〈煉〉
炽 〈熾〉
烁 〈爍〉
烂 〈爛〉
烃 〈烴〉
洼 〈窪〉
洁 〈潔〉
洒 〈灑〉
法 〈澾〉
浃 〈浹〉
浇 〈澆〉

滇 〈滇〉	诚 〈誠〉	恝 〈慹〉
澌 〈澌〉	诬 〈誣〉	垒 〈壘〉
浊 〈濁〉	语 〈語〉	娅 〈婭〉
测 〈測〉	误 〈誤〉	娆 〈嬈〉
浍 〈澮〉	诰 〈誥〉	娇 〈嬌〉
浏 〈瀏〉	诱 〈誘〉	绑 〈綁〉
济 〈濟〉	海 〈誨〉	绒 〈絨〉
浐 〈滻〉	诳 〈誑〉	结 〈結〉
浑 〈渾〉	说 〈說〉	绮 〈綺〉
浒 〈滸〉	诵 〈誦〉	绕 〈繞〉
浓 〈濃〉	诮 〈誚〉	经 〈經〉
浔 〈潯〉	诶 〈誒〉	绘 〈繪〉
浕 〈濜〉	袄 〈襖〉	绞 〈絞〉
恸 〈慟〉	祢 〈禰〉	统 〈統〉
恹 〈懨〉	鸠 〈鴆〉	绗 〈絎〉
恺 〈愷〉	【一】	给 〈給〉
恻 〈惻〉	垦 〈墾〉	绚 〈絢〉
恼 〈惱〉	昼 〈晝〉	绛 〈絳〉
恽 〈惲〉	费 〈費〉	络 〈絡〉
举 〈舉〉	逊 〈遜〉	绝 〈絕〉
觉 〈覺〉	陨 〈隕〉	骇 〈駭〉
宪 〈憲〉	险 〈險〉	骆 〈駱〉
窃 〈竊〉	贺 〈賀〉	骈 〈駢〉

骄　〈驕〉
骅　〈驊〉
骁　〈驍〉

十畫

【一】

艳　〈艷〉
项　〈項〉
珲　〈琿〉
蚕　〈蠶〉
顽　〈頑〉
盏　〈盞〉
载　〈載〉
赶　〈趕〉
盐　〈鹽〉
埘　〈塒〉
埙　〈塤〉
埚　〈堝〉
捡　〈撿〉
捞　〈撈〉
捆　〈綑〉
损　〈損〉

捣　〈搗〉
贽　〈贄〉
挚　〈摯〉
热　〈熱〉
壶　〈壺〉
恶　〈惡〉
聂　〈聶〉
莱　〈萊〉
莲　〈蓮〉
莳　〈蒔〉
莴　〈萵〉
获　〈獲〉
　　〈穫〉
莸　〈蕕〉
荙　〈蕍〉
莹　〈瑩〉
莺　〈鶯〉
莼　〈蓴〉
栖　〈棲〉
桡　〈橈〉
桢　〈楨〉
档　〈檔〉
桤　〈榿〉
桥　〈橋〉

桦　〈樺〉
桧　〈檜〉
桩　〈椿〉
样　〈樣〉
贾　〈賈〉
逦　〈邐〉
唇　〈脣〉
砺　〈礪〉
砾　〈礫〉
础　〈礎〉
砻　〈礱〉
顾　〈顧〉
轼　〈軾〉
轾　〈輊〉
轿　〈轎〉
辂　〈輅〉
较　〈較〉
鸪　〈鴣〉
鸫　〈鶇〉
顿　〈頓〉
趸　〈躉〉
毙　〈斃〉
致　〈緻〉
　　〈致〉

38

【丨】

龀	〈齔〉
虑	〈慮〉
监	〈監〉
紧	〈緊〉
党	〈黨〉
	〈党〉
唛	〈嘜〉
喷	〈噴〉
唠	〈嘮〉
唡	〈啢〉
唢	〈嗩〉
喎	〈喎〉
晒	〈曬〉
晓	〈曉〉
晔	〈曄〉
晕	〈暈〉
蚬	〈蜆〉
鸼	〈鵃〉
鹗	〈鶚〉
鸯	〈鴛〉
鸭	〈鴨〉
崂	〈嶗〉
崃	〈崍〉

罢	〈罷〉
圆	〈圓〉
觊	〈覬〉
贼	〈賊〉
贿	〈賄〉
赂	〈賂〉
赃	〈臟〉
赅	〈賅〉
赆	〈贐〉

【丿】

钰	〈鈺〉
钱	〈錢〉
钲	〈鉦〉
钳	〈鉗〉
钴	〈鈷〉
钵	〈缽〉
钶	〈鈳〉
钷	〈鉅〉
钹	〈鈸〉
钺	〈鉞〉
钻	〈鑽〉
钼	〈鉬〉
钽	〈鉭〉
钾	〈鉀〉

铀	〈鈾〉
钿	〈鈿〉
铁	〈鐵〉
铂	〈鉑〉
铃	〈鈴〉
铄	〈鑠〉
铅	〈鉛〉
铆	〈鉚〉
铈	〈鈰〉
铉	〈鉉〉
铊	〈鉈〉
铋	〈鉍〉
铌	〈鈮〉
铍	〈鈹〉
铍	〈鏺〉
铎	〈鐸〉
氩	〈氬〉
牺	〈犧〉
敌	〈敵〉
积	〈積〉
称	〈稱〉
笕	〈筧〉
笔	〈筆〉

笋	〈筍〉	鸥	〈鷗〉	准	〈準〉
债	〈債〉	鸵	〈鴕〉		〈准〉
借	〈藉〉	衺	〈褻〉	离	〈離〉
	〈借〉	鸪	〈鴣〉		〈离〉
倾	〈傾〉	鸳	〈鴛〉	颃	〈頏〉
赁	〈賃〉	鸽	〈鴿〉	资	〈資〉
顾	〈顧〉	皱	〈皺〉	竞	〈競〉
徕	〈徠〉	馞	〈餺〉	阃	〈閫〉
舰	〈艦〉	饿	〈餓〉	阄	〈鬮〉
舱	〈艙〉	馁	〈餒〉	阅	〈閱〉
耸	〈聳〉			阆	〈閬〉
爱	〈愛〉	【、】		郸	〈鄲〉
颁	〈頒〉	栾	〈欒〉	烦	〈煩〉
颂	〈頌〉	挛	〈攣〉	烧	〈燒〉
脍	〈膾〉	恋	〈戀〉	烛	〈燭〉
脏	〈臟〉	桨	〈槳〉	烨	〈燁〉
	〈髒〉	浆	〈漿〉	烩	〈燴〉
脐	〈臍〉	席	〈蓆〉	烬	〈燼〉
脑	〈腦〉		〈席〉	涛	〈濤〉
胶	〈膠〉	症	〈癥〉	涝	〈澇〉
脓	〈膿〉		〈症〉	涞	〈淶〉
玺	〈璽〉	痈	〈癰〉	涟	〈漣〉
刿	〈劌〉	斋	〈齋〉	润	〈潤〉
猃	〈獫〉	痉	〈痙〉		

涢 〈溳〉
涡 〈渦〉
涂 〈塗〉
　　〈涂〉
涤 〈滌〉
润 〈潤〉
涧 〈澗〉
涨 〈漲〉
烫 〈燙〉
涩 〈澀〉
涌 〈湧〉
悭 〈慳〉
悯 〈憫〉
宽 〈寬〉
家 〈傢〉
　　〈家〉
宾 〈賓〉
窍 〈竅〉
窎 〈寫〉
递 〈遞〉
请 〈請〉
诸 〈諸〉
诹 〈諏〉
诺 〈諾〉

诼 〈諑〉
读 〈讀〉
诽 〈誹〉
袜 〈襪〉
祯 〈禎〉
课 〈課〉
诿 〈諉〉
谀 〈諛〉
谁 〈誰〉
谂 〈諗〉
调 〈調〉
谄 〈諂〉
谅 〈諒〉
谆 〈諄〉
谇 〈誶〉
谈 〈談〉
谊 〈誼〉
谉 〈讅〉

【一】

恳 〈懇〉
剧 〈劇〉
娲 〈媧〉
娴 〈嫻〉
难 〈難〉

预 〈預〉
绠 〈綆〉
绡 〈綃〉
绢 〈絹〉
绣 〈繡〉
　　〈綉〉
绥 〈綏〉
绦 〈絛〉
继 〈繼〉
绨 〈綈〉
骋 〈騁〉
骊 〈驪〉
验 〈驗〉
骎 〈駸〉
骏 〈駿〉
骛 〈鶩〉

十一畫

【一】

焘 〈燾〉
琎 〈璡〉
琏 〈璉〉
琐 〈瑣〉

堙	〈壂〉	楎	〈檉〉	颅	〈顱〉
壶	〈壺〉	啬	〈嗇〉	啧	〈嘖〉
掳	〈擄〉	匮	〈匱〉	啭	〈囀〉
掴	〈摑〉	酝	〈醞〉	啮	〈嚙〉
掷	〈擲〉	硕	〈碩〉	啰	〈囉〉
掸	〈撣〉	硖	〈硤〉	啸	〈嘯〉
据	〈據〉	硗	〈磽〉	悬	〈懸〉
	〈据〉	硇	〈磇〉	跄	〈蹌〉
掺	〈摻〉	硙	〈磑〉	跃	〈躍〉
掼	〈摜〉	厣	〈厴〉	蛎	〈蠣〉
悫	〈愨〉	聋	〈聾〉	蛏	〈蟶〉
职	〈職〉	龚	〈龔〉	蛊	〈蠱〉
聍	〈聹〉	袭	〈襲〉	累	〈纍〉
萚	〈蘀〉	殒	〈殞〉		〈累〉
萝	〈蘿〉	殓	〈殮〉		
萤	〈螢〉	赉	〈賚〉	帻	〈幘〉
营	〈營〉	辄	〈輒〉	帼	〈幗〉
萦	〈縈〉	辅	〈輔〉	崭	〈嶄〉
萧	〈蕭〉	辆	〈輛〉	逻	〈邏〉
萨	〈薩〉	鸷	〈鷙〉	赈	〈賑〉
梦	〈夢〉	鸸	〈鴯〉	婴	〈嬰〉
勖	〈勗〉	鸹	〈鴰〉	赊	〈賒〉
觋	〈覡〉	麸	〈麩〉	**【丿】**	
检	〈檢〉	**【丨】**		铏	〈鉶〉
				铐	〈銬〉

铑	〈銠〉	铮	〈錚〉	鸢	〈鳶〉
铒	〈鉺〉	铯	〈銫〉	敛	〈斂〉
铓	〈鋩〉	铰	〈鉸〉	领	〈領〉
铕	〈銪〉	铱	〈銥〉	脶	〈腡〉
铗	〈鋏〉	铲	〈鏟〉	脸	〈臉〉
铙	〈鐃〉	铳	〈銃〉	猎	〈獵〉
铛	〈鐺〉	铵	〈銨〉	猫	〈貓〉
铝	〈鋁〉	银	〈銀〉	猡	〈玀〉
铜	〈銅〉	铷	〈銣〉	馃	〈餜〉
铞	〈銱〉	铤	〈鋞〉	馄	〈餛〉
铟	〈銦〉	矫	〈矯〉	馅	〈餡〉
铠	〈鎧〉	秸	〈稭〉	馆	〈館〉
铡	〈鍘〉	秽	〈穢〉	鸽	〈鴿〉
铢	〈銖〉	笺	〈箋〉	鸼	〈鵃〉
铣	〈銑〉	笼	〈籠〉	鸻	〈鴴〉
铤	〈鋌〉	笾	〈籩〉	鸺	〈鵂〉
铤	〈鋌〉	债	〈債〉	鸹	〈鴰〉
铧	〈鏵〉	偿	〈償〉	【、】	
铨	〈銓〉	偻	〈僂〉	弯	〈彎〉
铩	〈鎩〉	躯	〈軀〉	麻	〈蔴〉
铪	〈鉿〉	皑	〈皚〉		〈麻〉
铫	〈銚〉	衅	〈釁〉	赓	〈賡〉
铭	〈銘〉	衔	〈銜〉	痒	〈癢〉
铬	〈鉻〉	盘	〈盤〉		〈痒〉

旋	〈鏇〉	淀	〈澱〉	谙	〈諳〉
	〈旋〉		〈淀〉	谚	〈諺〉
阈	〈閾〉	渗	〈滲〉	谛	〈諦〉
阉	〈閹〉	惬	〈愜〉	谜	〈謎〉
阊	〈閶〉	惭	〈慚〉	谝	〈諞〉
阅	〈閱〉	惧	〈懼〉	谞	〈諝〉
阌	〈閿〉	惊	〈驚〉	祷	〈禱〉
阍	〈閽〉	惮	〈憚〉	裆	〈襠〉
阎	〈閻〉	惨	〈慘〉	祸	〈禍〉
阏	〈閼〉	惯	〈慣〉	鞍	〈鞥〉
阐	〈闡〉	谌	〈諶〉	鸫	〈鶇〉
羟	〈羥〉	谋	〈謀〉		
盖	〈蓋〉	谍	〈諜〉	**【一】**	
粝	〈糲〉	谎	〈謊〉	弹	〈彈〉
断	〈斷〉	谏	〈諫〉	堕	〈墮〉
兽	〈獸〉	谐	〈諧〉	随	〈隨〉
焖	〈燜〉	谑	〈謔〉	隐	〈隱〉
渍	〈漬〉	谒	〈謁〉	婳	〈嫿〉
鸿	〈鴻〉	谓	〈謂〉	婵	〈嬋〉
渌	〈淥〉	谔	〈諤〉	婶	〈嬸〉
渐	〈漸〉	谕	〈諭〉	颇	〈頗〉
湿	〈澠〉	谖	〈諼〉	颈	〈頸〉
渊	〈淵〉	谗	〈讒〉	绩	〈績〉
渔	〈漁〉	谘	〈諮〉	绪	〈緒〉
				绫	〈綾〉

续 〈續〉
绮 〈綺〉
绯 〈緋〉
绰 〈綽〉
绲 〈緄〉
绳 〈繩〉
维 〈維〉
绵 〈綿〉
绶 〈綬〉
绷 〈繃〉
绸 〈綢〉
绺 〈綹〉
绻 〈綣〉
综 〈綜〉
绽 〈綻〉
绾 〈綰〉
绿 〈綠〉
骖 〈驂〉
缀 〈綴〉
缁 〈緇〉
骐 〈騏〉
骑 〈騎〉
骒 〈騍〉
骓 〈騅〉

巢 〈鼗〉

十二畫

【一】

靓 〈靚〉
琼 〈瓊〉
趋 〈趨〉
揽 〈攬〉
揿 〈撳〉
搀 〈攙〉
搁 〈擱〉
搂 〈摟〉
搅 〈攪〉
蛰 〈蟄〉
絷 〈縶〉
联 〈聯〉
葳 〈葴〉
贲 〈賁〉
蒋 〈蔣〉
萎 〈蔞〉
椭 〈橢〉
椟 〈櫝〉

椤 〈欏〉
颊 〈頰〉
颉 〈頡〉
赍 〈賫〉
觌 〈覿〉
韩 〈韓〉
硷 〈鹼〉
确 〈確〉
　 〈确〉
詟 〈讋〉
殚 〈殫〉
雳 〈靂〉
辊 〈輥〉
辋 〈輞〉
椠 〈槧〉
辍 〈輟〉
辎 〈輜〉
辇 〈輦〉
暂 〈暫〉
鼋 〈黿〉
鸫 〈鶇〉
鹂 〈鸝〉
翘 〈翹〉

【丨】

凿	〈鑿〉	赔	〈賠〉	铜	〈銅〉
辉	〈輝〉	赕	〈賧〉	锐	〈銳〉
赏	〈賞〉	【丿】		锑	〈銻〉
睐	〈睞〉	铸	〈鑄〉	银	〈銀〉
睑	〈瞼〉	锗	〈鍩〉	锒	〈鋃〉
喷	〈噴〉	铺	〈鋪〉	锔	〈鋦〉
喽	〈嘍〉	铼	〈錸〉	锕	〈錒〉
畴	〈疇〉	铽	〈鋱〉	犊	〈犢〉
践	〈踐〉	链	〈鏈〉	颋	〈頲〉
遗	〈遺〉	铿	〈鏗〉	筑	〈築〉
辈	〈輩〉	销	〈銷〉		〈筑〉
蛱	〈蛺〉	锁	〈鎖〉	筚	〈篳〉
蛲	〈蟯〉	锃	〈鋥〉	筛	〈篩〉
蛳	〈螄〉	锄	〈鋤〉	牍	〈牘〉
蛴	〈蠐〉	锂	〈鋰〉	傥	〈儻〉
鹃	〈鵑〉	锅	〈鍋〉	傧	〈儐〉
赋	〈賦〉	锆	〈鋯〉	储	〈儲〉
嵘	〈嶸〉	锇	〈鋨〉	傩	〈儺〉
嵚	〈嶔〉	锈	〈鏽〉	惩	〈懲〉
嵝	〈嶁〉		〈銹〉	惫	〈憊〉
赌	〈賭〉			御	〈禦〉
赎	〈贖〉	锉	〈銼〉		〈御〉
赐	〈賜〉	锋	〈鋒〉	颌	〈頜〉
赒	〈賙〉	锌	〈鋅〉	释	〈釋〉
		锎	〈鐦〉		

腊	〈臘〉
	〈腊〉
腘	〈膕〉
鱿	〈魷〉
鲁	〈魯〉
鲂	〈魴〉
颖	〈穎〉
飓	〈颶〉
觞	〈觴〉
馇	〈餷〉
馈	〈饋〉
馊	〈餿〉
馊	〈餿〉
馋	〈饞〉
鹄	〈鵠〉
鸽	〈鴿〉
鹅	〈鵝〉

【丶】

裒	〈褻〉
装	〈裝〉
蛮	〈蠻〉
脔	〈臠〉
痨	〈癆〉
痫	〈癇〉

赓	〈賡〉
颏	〈頦〉
阑	〈闌〉
阒	〈闃〉
阔	〈闊〉
阕	〈闋〉
粪	〈糞〉
窜	〈竄〉
窝	〈窩〉
誉	〈譽〉
愤	〈憤〉
慢	〈憒〉
滞	〈滯〉
湿	〈濕〉
溃	〈潰〉
溅	〈濺〉
溇	〈漊〉
湾	〈灣〉
雇	〈僱〉
裢	〈褳〉
裣	〈襝〉
裤	〈褲〉
裥	〈襇〉
禅	〈禪〉

谟	〈謨〉
谠	〈讜〉
谡	〈謖〉
谢	〈謝〉
谣	〈謠〉
谤	〈謗〉
谥	〈謚〉
谦	〈謙〉
谧	〈謐〉
鹈	〈鵜〉
鹇	〈鵬〉
鹋	〈鶓〉

【一】

属	〈屬〉
屡	〈屢〉
孱	〈矞〉
毵	〈毿〉
缂	〈緙〉
缃	〈緗〉
缄	〈緘〉
缅	〈緬〉
缆	〈纜〉
缇	〈緹〉
缈	〈緲〉

缉 〈緝〉
缊 〈縕〉
缌 〈緦〉
缎 〈緞〉
缑 〈緱〉
缓 〈緩〉
缒 〈縋〉
缔 〈締〉
缕 〈縷〉
编 〈編〉
缙 〈縉〉
缘 〈緣〉
翚 〈翬〉
骘 〈騭〉
骗 〈騙〉
骚 〈騷〉
骛 〈騖〉
飨 〈饗〉

十三畫

【一】

摄 〈攝〉
摅 〈攄〉

摆 〈擺〉
　 〈襬〉
摈 〈擯〉
摊 〈攤〉
蓝 〈藍〉
蓟 〈薊〉
蒙 〈矇〉
　 〈濛〉
　 〈懞〉
　 〈蒙〉
蓣 〈蕷〉
榄 〈欖〉
榇 〈櫬〉
榈 〈櫚〉
楼 〈樓〉
榉 〈櫸〉
碛 〈磧〉
碍 〈礙〉
碜 〈磣〉
赖 〈賴〉
赪 〈赬〉
尴 〈尷〉
毂 〈轂〉
颐 〈頤〉

献 〈獻〉
雾 〈霧〉
辏 〈輳〉
辐 〈輻〉
辑 〈輯〉
输 〈輸〉
耢 〈耮〉
韫 〈韞〉
蓦 〈驀〉
骜 〈驁〉
鹤 〈鶴〉
鹋 〈鶓〉
鹊 〈鵲〉
鹌 〈鵪〉
鹍 〈鵾〉

【丨】

龃 〈齟〉
龄 〈齡〉
龅 〈齙〉
龆 〈齠〉
频 〈頻〉
鉴 〈鑒〉
龇 〈齜〉
嗫 〈囁〉

嗳 〈噯〉　　镨 〈鐠〉　　鲋 〈鮒〉
踸 〈踷〉　　锭 〈錠〉　　鲫 〈鯽〉
跻 〈躋〉　　键 〈鍵〉　　鲍 〈鮑〉
跹 〈躚〉　　锯 〈鋸〉　　鲅 〈鮁〉
跷 〈蹺〉　　锰 〈錳〉　　鲐 〈鮐〉
蜗 〈蝸〉　　锱 〈錙〉　　飔 〈颸〉
赗 〈賵〉　　辞 〈辭〉　　飕 〈颼〉

【丿】　　　颏 〈頦〉　　触 〈觸〉
锗 〈鍺〉　　稣 〈穌〉　　雏 〈雛〉
错 〈錯〉　　筹 〈籌〉　　鸲 〈鴝〉
锘 〈鍩〉　　签 〈簽〉　　鹏 〈鵬〉
锚 〈錨〉　　　 〈籤〉　　馎 〈餺〉
锛 〈錛〉　　简 〈簡〉　　馍 〈饃〉
锝 〈鍀〉　　觎 〈覦〉　　馏 〈餾〉
锞 〈錁〉　　颔 〈頷〉　　馐 〈饈〉
锟 〈錕〉　　颖 〈穎〉
锡 〈錫〉　　腻 〈膩〉　　【丶】
锢 〈錮〉　　腾 〈騰〉　　酱 〈醬〉
锣 〈鑼〉　　鲅 〈鮁〉　　痴 〈癡〉
锤 〈錘〉　　鲆 〈鮃〉　　瘅 〈癉〉
锥 〈錐〉　　鲇 〈鮎〉　　瘆 〈瘮〉
锦 〈錦〉　　鲈 〈鱸〉　　阘 〈闒〉
锧 〈鑕〉　　鲊 〈鮓〉　　阛 〈圜〉
锨 〈鍁〉　　稣 〈穌〉　　阙 〈闕〉
　　　　　　　　　　　　韵 〈韻〉

誊	〈謄〉	谬	〈謬〉	**十四畫**
粮	〈糧〉	鹠	〈鶹〉	
数	〈數〉	鹑	〈鶉〉	**【一】**
滟	〈灩〉			瑷 〈璦〉
溇	〈漊〉	**【一】**		赘 〈贅〉
满	〈滿〉	辟	〈闢〉	觏 〈覯〉
滤	〈濾〉		〈辟〉	韬 〈韜〉
滥	〈濫〉	嫒	〈嬡〉	叆 〈靉〉
滗	〈潷〉	嫔	〈嬪〉	墙 〈牆〉
漓	〈灕〉	缙	〈縉〉	撄 〈攖〉
滨	〈濱〉	缜	〈縝〉	蔷 〈薔〉
滩	〈灘〉	缚	〈縛〉	蔑 〈衊〉
滪	〈澦〉	缛	〈縟〉		〈蔑〉
慑	〈懾〉	辔	〈轡〉	蔹 〈蘞〉
誉	〈譽〉	缝	〈縫〉	蔺 〈藺〉
鲞	〈鯗〉	缞	〈縗〉	蔼 〈藹〉
骞	〈騫〉	缟	〈縞〉	槚 〈檟〉
寝	〈寢〉	缠	〈纏〉	槛 〈檻〉
窥	〈窺〉	缡	〈縭〉	槟 〈檳〉
窦	〈竇〉	缢	〈縊〉	槠 〈櫧〉
谨	〈謹〉	缣	〈縑〉	酽 〈釅〉
谩	〈謾〉	缤	〈繽〉	酾 〈釃〉
谪	〈謫〉	骠	〈驃〉	酿 〈釀〉
谫	〈譾〉	骗	〈騙〉	

霁	〈霽〉	罂	〈罌〉	锢	〈錮〉
愿	〈願〉	赙	〈賻〉	箧	〈篋〉
	〈愿〉	赚	〈賺〉	箨	〈籜〉
殡	〈殯〉	鹗	〈鶚〉	箩	〈籮〉
辕	〈轅〉	鹘	〈鶻〉	箪	〈簞〉
辖	〈轄〉	鹊	〈鵲〉	箓	〈籙〉
辗	〈輾〉	【丿】		箫	〈簫〉
鹕	〈鶘〉	锲	〈鍥〉	簀	〈簀〉
【丨】		锴	〈鍇〉	稳	〈穩〉
龇	〈齜〉	锶	〈鍶〉	舆	〈輿〉
龈	〈齦〉	锷	〈鍔〉	腊	〈臘〉
颗	〈顆〉	锹	〈鍬〉	鲑	〈鮭〉
睦	〈瞜〉	锸	〈鍤〉	鲒	〈鮚〉
暖	〈曖〉	锻	〈鍛〉	鲔	〈鮪〉
踌	〈躊〉	锼	〈鎪〉	鲖	〈鮦〉
踊	〈踴〉	锾	〈鍰〉	鲗	〈鰂〉
蜡	〈蠟〉	锵	〈鏘〉	鲚	〈鱭〉
	〈蜡〉	锿	〈鎄〉	鲛	〈鮫〉
蝈	〈蟈〉	镀	〈鍍〉	鲜	〈鮮〉
蝇	〈蠅〉	镁	〈鎂〉	鲟	〈鱘〉
蝉	〈蟬〉	镂	〈鏤〉	飐	〈颭〉
嘤	〈嚶〉	镃	〈鎡〉	鹜	〈鶩〉
罴	〈羆〉	馈	〈饋〉	馑	〈饉〉

馒　〈饅〉

【丶】

銮　〈鑾〉

瘗　〈瘞〉

瘘　〈瘻〉

阚　〈闞〉

鲞　〈鯗〉

鲝　〈鮺〉

糁　〈糝〉

潇　〈瀟〉

潋　〈瀲〉

潍　〈濰〉

赛　〈賽〉

窭　〈寠〉

谭　〈譚〉

谮　〈譖〉

谯　〈譙〉

谰　〈讕〉

谱　〈譜〉

谲　〈譎〉

褛　〈褸〉

禢　〈禑〉

鹚　〈鷀〉

【一】

嫱　〈嬙〉

聪　〈聰〉

骠　〈驃〉

骡　〈驃〉

缥　〈縹〉

缦　〈縵〉

缨　〈纓〉

缩　〈縮〉

缪　〈繆〉

缫　〈繅〉

鹜　〈鶩〉

鹏　〈鵬〉

十五畫

【一】

耧　〈耬〉

璎　〈瓔〉

叇　〈靆〉

撵　〈攆〉

撷　〈擷〉

撺　〈攛〉

聩　〈聵〉

聪　〈聰〉

觐　〈覲〉

鞑　〈韃〉

鞒　〈鞽〉

颐　〈頤〉

蕲　〈蘄〉

蕴　〈蘊〉

樯　〈檣〉

樱　〈櫻〉

靥　〈靨〉

魇　〈魘〉

餍　〈饜〉

霉　〈黴〉

　　〈霉〉

飘　〈飄〉

辘　〈轆〉

【丨】

龉　〈齬〉

龊　〈齪〉

觑　〈覷〉

瞒　〈瞞〉

题　〈題〉

颥 〈顬〉	篓 〈簍〉	谴 〈譴〉
颢 〈顥〉	鲠 〈鯁〉	褴 〈襤〉
噜 〈嚕〉	鲡 〈鱺〉	鲨 〈鯊〉
嘱 〈囑〉	鲢 〈鰱〉	鹚 〈鶿〉
踬 〈躓〉	鲣 〈鰹〉	鹈 〈鵜〉
蹒 〈蹣〉	鲥 〈鰣〉	鹤 〈鶴〉
蝾 〈蠑〉	鲤 〈鯉〉	【ㄧ】
蝼 〈螻〉	鲦 〈鰷〉	屦 〈屨〉
【丿】	鲧 〈鯀〉	缬 〈纈〉
镊 〈鑷〉	鲩 〈鯇〉	缭 〈繚〉
镇 〈鎮〉	卿 〈鄉〉	缮 〈繕〉
镉 〈鎘〉	鹇 〈鷳〉	缯 〈繒〉
锐 〈鑭〉	鹋 〈鶓〉	
镌 〈鐫〉	馔 〈饌〉	
镍 〈鎳〉	【丶】	十六畫
镎 〈鎿〉	瘪 〈癟〉	
镏 〈鎦〉	瘫 〈癱〉	【一】
镐 〈鎬〉	麻 〈癇〉	擞 〈擻〉
镑 〈鎊〉	颜 〈顏〉	颞 〈顳〉
镒 〈鎰〉	额 〈額〉	颠 〈顛〉
镓 〈鎵〉	澜 〈瀾〉	颟 〈顢〉
镔 〈鑌〉	谳 〈讞〉	薮 〈藪〉
簧 〈簀〉	谵 〈譫〉	橹 〈櫓〉
		橼 〈櫞〉

鷺　〈鷥〉
贋　〈贗〉
飆　〈飈〉
獢　〈獟〉
錾　〈鏨〉
辙　〈轍〉
辚　〈轔〉

【｜】

嵯　〈嵳〉
螨　〈蟎〉
鹦　〈鸚〉
赠　〈贈〉

【丿】

镖　〈鏢〉
镗　〈鏜〉
镘　〈鏝〉
镙　〈鏍〉
镛　〈鏞〉
镜　〈鏡〉
镝　〈鏑〉
镞　〈鏃〉
氇　〈氌〉
赞　〈贊〉

穑　〈穡〉
篮　〈籃〉
篱　〈籬〉
魉　〈魎〉
鲭　〈鯖〉
鲮　〈鯪〉
鲯　〈鯕〉
鲱　〈鯡〉
鲲　〈鯤〉
鲳　〈鯧〉
鲵　〈鯢〉
鲶　〈鯰〉
鲷　〈鯛〉
鲸　〈鯨〉
鲻　〈鯔〉
獭　〈獺〉

【丶】

瘿　〈癭〉
瘾　〈癮〉
斓　〈斕〉
辩　〈辯〉
濑　〈瀨〉
濒　〈瀕〉

懒　〈懶〉
鹨　〈鷚〉
黉　〈黌〉

【一】

鹩　〈鷯〉
颡　〈顙〉
缰　〈繮〉
缱　〈繾〉
缲　〈繰〉
缳　〈繯〉
缴　〈繳〉

十七畫

【一】

薛　〈薛〉
鹪　〈鷦〉

【｜】

龋　〈齲〉
龌　〈齷〉
瞩　〈矚〉
蹒　〈蹣〉
蹬　〈蹬〉

蟎〈蟎〉
羁〈羈〉
赡〈贍〉

【丿】

镢〈钁〉
镣〈鐐〉
镤〈鏷〉
镥〈鑥〉
镦〈鐓〉
镧〈鑭〉
镨〈錯〉
镩〈鑹〉
镪〈鏹〉
镫〈鐙〉
簖〈籪〉
鹪〈鷦〉
鲽〈鰈〉
鲾〈鰏〉
鳃〈鰓〉
鳁〈鰮〉
鳄〈鱷〉
鳅〈鰍〉

鳆〈鰒〉
鳇〈鰉〉
鳊〈鯿〉

【丶】

鹜〈鶩〉
辫〈辮〉
赢〈贏〉
懑〈懣〉

【乛】

鹬〈鷸〉
骤〈驟〉

十八畫

【一】

鳌〈鰲〉
鞯〈韉〉

【丨】

颢〈顥〉
鹭〈鷺〉
嚣〈囂〉
髅〈髏〉

【丿】

镬〈鑊〉
镭〈鐳〉
镮〈鐶〉
镯〈鐲〉
镰〈鐮〉
镱〈鐿〉
雠〈讎〉
鳍〈鰭〉
鳎〈鰨〉
鳏〈鰥〉
鳐〈鰩〉
鳒〈鰜〉
螣〈螣〉

【丶】

鹠〈鶹〉
鹰〈鷹〉
癫〈癲〉
辗〈輾〉
谶〈讖〉

【乛】

鹛〈鶥〉

十九畫

【一】

攒 〈攢〉
霭 〈靄〉

【丨】

蹰 〈躕〉
巅 〈巔〉
髋 〈髖〉
骸 〈髖〉

【丿】

簏 〈簏〉
锄 〈鋤〉
镖 〈鏢〉
鳕 〈鱈〉
鳗 〈鰻〉
鳙 〈鱅〉
鲷 〈鯛〉

【丶】

鳖 〈鱉〉
颤 〈顫〉
癣 〈癬〉
谶 〈讖〉

【→】

骧 〈驤〉

缵 〈纘〉

二十畫

【一】

瓒 〈瓚〉
鬓 〈鬢〉
颥 〈顬〉

【丨】

鼍 〈鼉〉
黩 〈黷〉

【丿】

镳 〈鑣〉
镴 〈鑞〉
臜 〈臢〉
鳜 〈鱖〉
鳝 〈鱔〉
鳞 〈鱗〉
鳟 〈鱒〉

【→】

骦 〈驦〉

二十一畫

鼙 〈鼙〉

蹰 〈躕〉
鳢 〈鱧〉
鳣 〈鱣〉
癫 〈癲〉
赣 〈贛〉
灏 〈灝〉

二十二畫

鹳 〈鸛〉
镶 〈鑲〉

二十三畫

趱 〈趲〉
颧 〈顴〉
躜 〈躦〉

二十五畫

馕 〈饢〉
戆 〈戇〉
镢 〈钁〉

從繁體字筆畫查簡體字

從繁體字筆畫查簡體字

六畫		長　〈长〉	九畫
兇　〈凶〉		亞　〈亚〉	【一】
		軋　〈轧〉	剋　〈克〉
七畫		東　〈东〉	軌　〈轨〉
		兩　〈两〉	厘　〈厍〉
車　〈车〉		協　〈协〉	頁　〈页〉
夾　〈夹〉		來　〈来〉	到　〈到〉
貝　〈贝〉		戔　〈戋〉	勁　〈劲〉
見　〈见〉		【丨】	郟　〈郏〉
壯　〈壮〉		門　〈门〉	【丨】
妝　〈妆〉		昇　〈升〉	貞　〈贞〉
牠　〈它〉		牀　〈床〉	則　〈则〉
佈　〈布〉		岡　〈冈〉	迴　〈回〉
佔　〈占〉		【丿】	【丿】
災　〈灾〉		侖　〈仑〉	俠　〈侠〉
		兒　〈儿〉	係　〈系〉
八畫		【一】	帥　〈帅〉
【一】		狀　〈状〉	後　〈后〉
		糾　〈纠〉	釓　〈钆〉

釟 〈钇〉
負 〈负〉
風 〈风〉

【丶】

訂 〈订〉
計 〈计〉
訃 〈讣〉
軍 〈军〉
祗 〈只〉

【一】

韋 〈韦〉
飛 〈飞〉
紆 〈纡〉
紅 〈红〉
紂 〈纣〉
紈 〈纨〉
約 〈约〉
紇 〈纥〉
紀 〈纪〉
級 〈级〉
紉 〈纫〉
閂 〈闩〉
陣 〈阵〉
陝 〈陕〉

陘 〈陉〉
陞 〈升〉

十畫

【一】

馬 〈马〉
挾 〈挟〉
貢 〈贡〉
紮 〈扎〉
軒 〈轩〉
軔 〈轫〉
剗 〈划〉
莢 〈荚〉
莖 〈茎〉
莧 〈苋〉
莊 〈庄〉
華 〈华〉
連 〈连〉
鬥 〈斗〉

【丨】

時 〈时〉
畢 〈毕〉
財 〈财〉

覎 〈觃〉
閃 〈闪〉
唄 〈呗〉
員 〈员〉
豈 〈岂〉
峽 〈峡〉
峴 〈岘〉
剛 〈刚〉
剮 〈剐〉

【丿】

倀 〈伥〉
倆 〈俩〉
們 〈们〉
個 〈个〉
倫 〈伦〉
氣 〈气〉
隻 〈只〉
島 〈岛〉
烏 〈乌〉
師 〈师〉
徑 〈径〉
釘 〈钉〉
針 〈针〉
釗 〈钊〉

釓	〈钆〉	涇	〈泾〉		
釘	〈钉〉	這	〈这〉	**十一畫**	
殺	〈杀〉	**【一】**			
倉	〈仓〉	書	〈书〉	**【一】**	
脈	〈脉〉	孫	〈孙〉	責	〈责〉
脅	〈胁〉	紜	〈纭〉	現	〈现〉
飢	〈饥〉	純	〈纯〉	甌	〈瓯〉
狹	〈狭〉	紕	〈纰〉	區	〈区〉
狽	〈狈〉	紗	〈纱〉	規	〈规〉
芻	〈刍〉	納	〈纳〉	埡	〈垭〉
郵	〈邮〉	紝	〈纴〉	掛	〈挂〉
【丶】		紛	〈纷〉	控	〈挜〉
許	〈许〉	紙	〈纸〉	捨	〈舍〉
訌	〈讧〉	紋	〈纹〉	捫	〈扪〉
討	〈讨〉	紡	〈纺〉	摑	〈掴〉
訕	〈讪〉	紖	〈纠〉	掄	〈抡〉
訖	〈讫〉	紐	〈纽〉	捲	〈卷〉
訓	〈训〉	紓	〈纾〉	掃	〈扫〉
訊	〈讯〉	陸	〈陆〉	執	〈执〉
記	〈记〉	陳	〈陈〉	堊	〈垩〉
畝	〈亩〉	陰	〈阴〉	頂	〈顶〉
庫	〈库〉	務	〈务〉	乾	〈干〉
凍	〈冻〉			紮	〈扎〉
浹	〈浃〉			梘	〈枧〉
				軛	〈轭〉

斬 〈斩〉
軟 〈软〉
專 〈专〉
堅 〈坚〉
脣 〈唇〉
帶 〈带〉
硃 〈朱〉
麥 〈麦〉
頃 〈顷〉
厠 〈厕〉
堝 〈埚〉
殼 〈壳〉
萊 〈莱〉
萵 〈莴〉

【｜】

鹵 〈卤〉
處 〈处〉
敗 〈败〉
販 〈贩〉
貶 〈贬〉
啞 〈哑〉
喃 〈俩〉
婁 〈娄〉
異 〈异〉

國 〈国〉
圇 〈囵〉
帳 〈帐〉
崬 〈崬〉
崍 〈崃〉
崑 〈昆〉
崗 〈岗〉
喎 〈㖞〉
過 〈过〉

【丿】

氫 〈氢〉
動 〈动〉
偉 〈伟〉
偵 〈侦〉
側 〈侧〉
貨 〈货〉
貧 〈贫〉
貪 〈贪〉
進 〈进〉
週 〈周〉
梟 〈枭〉
鳥 〈鸟〉
徠 〈徕〉
術 〈术〉
從 〈从〉

鉆 〈钻〉
釬 〈钎〉
釧 〈钏〉
釤 〈钐〉
釣 〈钓〉
釩 〈钒〉
釹 〈钕〉
釵 〈钗〉
覓 〈觅〉
飥 〈饦〉
脛 〈胫〉
魚 〈鱼〉

【丶】

訝 〈讶〉
訥 〈讷〉
許 〈许〉
訛 〈讹〉
訟 〈讼〉
設 〈设〉
訪 〈访〉
訣 〈诀〉
訩 〈讻〉
詎 〈讵〉
産 〈产〉
牽 〈牵〉

煙〈烃〉
淶〈涞〉
淺〈浅〉
淪〈沦〉
淚〈泪〉
渦〈涡〉
悵〈怅〉
啓〈启〉
視〈视〉
郫〈郫〉

【一】

將〈将〉
晝〈昼〉
張〈张〉
婭〈娅〉
婦〈妇〉
媧〈娲〉
習〈习〉
貫〈贯〉
參〈参〉
紺〈绀〉
紲〈绁〉
紱〈绂〉
組〈组〉
紳〈绅〉

紬〈绌〉
細〈细〉
終〈终〉
絆〈绊〉
緋〈绯〉
絀〈绌〉
紹〈绍〉
給〈给〉
問〈问〉
閉〈闭〉
階〈阶〉
陽〈阳〉
隊〈队〉

十二畫

【一】

貳〈贰〉
頂〈顶〉
堯〈尧〉
項〈项〉
貢〈贡〉
揀〈拣〉
揚〈扬〉

揮〈挥〉
塊〈块〉
場〈场〉
報〈报〉
壺〈壶〉
惡〈恶〉
椏〈桠〉
棟〈栋〉
棲〈栖〉
棧〈栈〉
椆〈枫〉
極〈极〉
棗〈枣〉
貰〈赏〉
喪〈丧〉
軻〈轲〉
軸〈轴〉
軼〈轶〉
軲〈轱〉
軒〈轩〉
軫〈轸〉
軺〈轺〉
馭〈驭〉
腎〈肾〉

硨	〈砗〉	貯	〈贮〉	鈦	〈钛〉
硤	〈硖〉	貽	〈贻〉	鈍	〈钝〉
硯	〈砚〉	凱	〈凯〉	鈔	〈钞〉
殘	〈残〉	幀	〈帧〉	鈉	〈钠〉
雲	〈云〉	幃	〈帏〉	鈴	〈铃〉
葉	〈叶〉	嵐	〈岚〉	欽	〈钦〉
萬	〈万〉	圍	〈围〉	鈞	〈钧〉
葷	〈荤〉	**【丿】**		鈧	〈钪〉
葦	〈苇〉	無	〈无〉	鈁	〈钫〉
萵	〈莴〉	氬	〈氩〉	鈥	〈钬〉
葤	〈葤〉	喬	〈乔〉	鈄	〈钭〉
達	〈达〉	筍	〈笋〉	鈕	〈钮〉
【丨】		筆	〈笔〉	鈀	〈钯〉
覘	〈觇〉	備	〈备〉	鈥	〈钚〉
睏	〈困〉	順	〈顺〉	鈎	〈钩〉
勛	〈勋〉	傖	〈伧〉	鈍	〈饨〉
鄖	〈郧〉	傑	〈杰〉	飥	〈饦〉
剴	〈剀〉	傢	〈家〉	飫	〈饫〉
單	〈单〉	復	〈复〉	飭	〈饬〉
喲	〈哟〉	須	〈须〉	飯	〈饭〉
買	〈买〉	傘	〈伞〉	飲	〈饮〉
貴	〈贵〉	創	〈创〉	為	〈为〉
貼	〈贴〉	鈃	〈钘〉	脹	〈胀〉
覰	〈觍〉	鈣	〈钙〉	勝	〈胜〉

腖〈胨〉
胴〈腖〉
猶〈犹〉
貸〈贷〉
貿〈贸〉
鄔〈邬〉
鄒〈邹〉
鉅〈巨〉
爺〈爷〉
衆〈众〉

【丶】

詁〈诂〉
詞〈词〉
評〈评〉
詛〈诅〉
詗〈诇〉
詐〈诈〉
訴〈诉〉
診〈诊〉
詆〈诋〉
註〈注〉
詞〈词〉
詘〈诎〉
詔〈诏〉

詒〈诒〉
棄〈弃〉
馮〈冯〉
痙〈痉〉
勞〈劳〉
湞〈浈〉
測〈测〉
湯〈汤〉
淵〈渊〉
渢〈沨〉
渾〈浑〉
湧〈涌〉
愜〈惬〉
惻〈恻〉
惱〈恼〉
惲〈恽〉
補〈补〉
運〈运〉
禍〈祸〉

【一】

幾〈几〉
尋〈寻〉
費〈费〉
韌〈韧〉

賀〈贺〉
發〈发〉
絨〈绒〉
結〈结〉
綺〈绮〉
經〈经〉
絎〈绗〉
給〈给〉
絢〈绚〉
絳〈绛〉
絡〈络〉
絞〈绞〉
統〈统〉
絕〈绝〉
絲〈丝〉
畫〈画〉
開〈开〉
閑〈闲〉
間〈间〉
閔〈闵〉
悶〈闷〉
違〈违〉
隕〈陨〉
鄉〈乡〉

綁 〈绑〉

十三畫

【一】

項 〈项〉
琿 〈珲〉
瑋 〈玮〉
頑 〈顽〉
幹 〈干〉
塢 〈坞〉
塒 〈埘〉
塤 〈埙〉
塏 〈垲〉
損 〈损〉
搶 〈抢〉
搗 〈捣〉
勢 〈势〉
壼 〈壶〉
聖 〈圣〉
楨 〈桢〉
楊 〈杨〉
楓 〈枫〉
嗇 〈啬〉

載 〈载〉
軾 〈轼〉
輊 〈轾〉
輅 〈辂〉
較 〈较〉
竪 〈竖〉
馱 〈驮〉
馴 〈驯〉
馳 〈驰〉
賈 〈贾〉
匯 〈汇〉
電 〈电〉
頓 〈顿〉
盞 〈盏〉
遠 〈远〉
蓋 〈盖〉
蒔 〈莳〉
蓳 〈荜〉
夢 〈梦〉
蒼 〈苍〉
蓆 〈席〉
蓀 〈荪〉
萲 〈莼〉
蓮 〈莲〉

蔭 〈荫〉

【丨】

歲 〈岁〉
虜 〈虏〉
業 〈业〉
當 〈当〉
睞 〈睐〉
賊 〈贼〉
賄 〈贿〉
賂 〈赂〉
賅 〈赅〉
嗎 〈吗〉
噴 〈喷〉
嗩 〈唢〉
嗶 〈哔〉
嘩 〈哗〉
鳴 〈鸣〉
嗆 〈呛〉
圓 〈圆〉
園 〈园〉
暘 〈旸〉
黽 〈黾〉
量 〈晕〉
號 〈号〉

跡 〈迹〉	鉗 〈钳〉	飾 〈饰〉
陝 〈陜〉	鈷 〈钴〉	飽 〈饱〉
蜆 〈蚬〉	鈳 〈钶〉	飼 〈饲〉
農 〈农〉	鈸 〈钹〉	飿 〈饳〉
骯 〈肮〉	鉞 〈钺〉	飴 〈饴〉
【丿】	鉬 〈钼〉	頌 〈颂〉
筧 〈笕〉	鉏 〈钽〉	頌 〈颂〉
節 〈节〉	鉀 〈钾〉	腸 〈肠〉
與 〈与〉	鈾 〈铀〉	腫 〈肿〉
債 〈债〉	鈿 〈钿〉	腦 〈脑〉
僅 〈仅〉	鉑 〈铂〉	䰰 〈䲟〉
傳 〈传〉	鈴 〈铃〉	裊 〈袅〉
傴 〈伛〉	鉛 〈铅〉	鳩 〈鸠〉
傾 〈倾〉	鉚 〈铆〉	獁 〈犸〉
僂 〈偻〉	鉓 〈铈〉	獅 〈狮〉
賃 〈赁〉	鉉 〈铉〉	猻 〈狲〉
傷 〈伤〉	鉈 〈铊〉	遞 〈递〉
傭 〈佣〉	鉍 〈铋〉	【丶】
頎 〈颀〉	鈮 〈铌〉	誆 〈诓〉
鈺 〈钰〉	鈹 〈铍〉	誄 〈诔〉
鉦 〈钲〉	僉 〈佥〉	試 〈试〉
鉤 〈钩〉	會 〈会〉	詿 〈诖〉
鉢 〈钵〉	亂 〈乱〉	詩 〈诗〉
鉅 〈钜〉	愛 〈爱〉	詰 〈诘〉

誇 〈夸〉
詼 〈诙〉
誠 〈诚〉
誅 〈诛〉
話 〈话〉
詬 〈诟〉
詮 〈诠〉
詭 〈诡〉
詢 〈询〉
詣 〈诣〉
諍 〈诤〉
該 〈该〉
詳 〈详〉
詡 〈诩〉
誕 〈诞〉
準 〈准〉
顝 〈颀〉
資 〈资〉
羥 〈羟〉
義 〈义〉
塋 〈茔〉
熒 〈荧〉
煉 〈炼〉
煩 〈烦〉

煬 〈炀〉
煒 〈炜〉
禕 〈祎〉
塗 〈涂〉
溝 〈沟〉
滅 〈灭〉
湏 〈涢〉
滌 〈涤〉
㳄 〈浉〉
滄 〈沧〉
漣 〈涟〉
愷 〈恺〉
愾 〈忾〉
惻 〈恻〉
愴 〈怆〉
禎 〈祯〉
裏 〈里〉
窩 〈窝〉

【㇇】
蕭 〈肃〉
裝 〈装〉
媽 〈妈〉
預 〈预〉
彙 〈汇〉

綆 〈绠〉
經 〈经〉
綑 〈捆〉
絹 〈绢〉
綉 〈绣〉
綏 〈绥〉
綈 〈绨〉
閘 〈闸〉
遜 〈逊〉
際 〈际〉

十四畫

【一】
瑪 〈玛〉
璉 〈琏〉
瑣 〈琐〉
瑲 〈玱〉
搏 〈㧟〉
摳 〈抠〉
摟 〈搂〉
摑 〈掴〉
摺 〈折〉
摻 〈掺〉

68

摜	〈掼〉	厲	〈厉〉	團	〈团〉
摳	〈抠〉	碩	〈硕〉	圖	〈图〉
盍	〈瓻〉	磁	〈砀〉	夥	〈伙〉
奪	〈夺〉	碸	〈砜〉	賑	〈赈〉
趙	〈赵〉	爾	〈尔〉	賒	〈赊〉
趕	〈赶〉	殞	〈殒〉	暢	〈畅〉
臺	〈台〉	鳶	〈鸢〉	幘	〈帻〉
墊	〈垫〉	疏	〈琉〉	幗	〈帼〉
塹	〈堑〉	蔞	〈蒌〉	嶄	〈崭〉
壽	〈寿〉	蔦	〈茑〉	嶇	〈岖〉
勦	〈剿〉	蓯	〈苁〉	獃	〈呆〉
構	〈构〉	蔔	〈卜〉	罰	〈罚〉
榿	〈桤〉	蔴	〈麻〉	蝸	〈蜗〉
槍	〈枪〉	蔣	〈蒋〉	鄲	〈郸〉
樺	〈桦〉	蓴	〈芗〉	曄	〈晔〉
覡	〈觋〉	**【丨】**		**【丿】**	
輒	〈辄〉	對	〈对〉	製	〈制〉
輔	〈辅〉	嘗	〈尝〉	稭	〈秸〉
輕	〈轻〉	嘖	〈啧〉	種	〈种〉
駁	〈驳〉	嘆	〈叹〉	稱	〈称〉
匱	〈匮〉	嗒	〈唛〉	箋	〈笺〉
監	〈监〉	嘔	〈呕〉	劄	〈札〉
緊	〈紧〉	嘍	〈喽〉	僥	〈侥〉
厭	〈厌〉	鳴	〈鸣〉	償	〈偿〉

僕 〈仆〉	銥 〈铱〉	誣 〈诬〉
僑 〈侨〉	銨 〈铵〉	語 〈语〉
僞 〈伪〉	銀 〈银〉	誚 〈诮〉
僱 〈雇〉	銣 〈铷〉	誤 〈误〉
銜 〈衔〉	鉺 〈铒〉	誥 〈诰〉
銅 〈铡〉	銃 〈铳〉	誘 〈诱〉
銬 〈铐〉	鎧 〈铠〉	誨 〈诲〉
銠 〈铑〉	鋁 〈铝〉	誑 〈诳〉
銪 〈铕〉	鋌 〈铤〉	說 〈说〉
銅 〈铜〉	蝕 〈蚀〉	認 〈认〉
錦 〈锦〉	餉 〈饷〉	誦 〈诵〉
銦 〈铟〉	餃 〈饺〉	誒 〈诶〉
銖 〈铢〉	餅 〈饼〉	麽 〈么〉
銑 〈铣〉	餄 〈饸〉	塵 〈尘〉
銍 〈铚〉	餎 〈饹〉	廎 〈庼〉
銓 〈铨〉	餏 〈饻〉	廣 〈广〉
鉿 〈铪〉	餓 〈饿〉	瘧 〈疟〉
銚 〈铫〉	領 〈领〉	瘍 〈疡〉
銘 〈铭〉	鳳 〈凤〉	瘋 〈疯〉
鉻 〈铬〉	颱 〈台〉	颯 〈飒〉
錚 〈铮〉	獄 〈狱〉	齊 〈齐〉
鉋 〈铯〉	【丶】	養 〈养〉
鉸 〈铰〉	誠 〈诚〉	熗 〈炝〉
		榮 〈荣〉

榮 〈荥〉	賓 〈宾〉	緋 〈绯〉
犖 〈荦〉	窪 〈洼〉	綽 〈绰〉
熒 〈荧〉	寧 〈宁〉	緄 〈绲〉
燁 〈烨〉	寢 〈寝〉	綱 〈纲〉
漬 〈渍〉	實 〈实〉	網 〈网〉
漢 〈汉〉	寬 〈宽〉	維 〈维〉
滿 〈满〉	靪 〈鞁〉	綿 〈绵〉
漸 〈渐〉	複 〈复〉	綸 〈纶〉
漚 〈沤〉	幣 〈币〉	綳 〈绷〉
滯 〈滞〉	彆 〈别〉	綹 〈绺〉
滷 〈卤〉	適 〈适〉	綬 〈绶〉
漊 〈溇〉	鄰 〈邻〉	綢 〈绸〉
漁 〈渔〉	鄭 〈郑〉	綣 〈绻〉
滸 〈浒〉		綜 〈综〉
滻 〈浐〉	【一】	綻 〈绽〉
滬 〈沪〉	劃 〈划〉	綰 〈绾〉
漲 〈涨〉	盡 〈尽〉	綠 〈绿〉
滲 〈渗〉	屢 〈屡〉	綴 〈缀〉
慚 〈惭〉	嫗 〈妪〉	緇 〈缁〉
慪 〈怄〉	頗 〈颇〉	閨 〈闺〉
慳 〈悭〉	態 〈态〉	聞 〈闻〉
慟 〈恸〉	緒 〈绪〉	閧 〈哄〉
慘 〈惨〉	綾 〈绫〉	閩 〈闽〉
慣 〈惯〉	綺 〈绮〉	閥 〈阀〉
	綫 〈线〉	

閤〈合〉	頡〈颉〉	輜〈辎〉
閣〈阁〉	熱〈热〉	駔〈驵〉
閫〈阃〉	鞏〈巩〉	駛〈驶〉
閭〈闾〉	穀〈谷〉	駟〈驷〉
闈〈闱〉	椿〈桩〉	駙〈驸〉
獎〈奖〉	樞〈枢〉	駒〈驹〉
墮〈堕〉	標〈标〉	駐〈驻〉
墜〈坠〉	樓〈楼〉	駝〈驼〉
鄧〈邓〉	樅〈枞〉	駘〈骀〉
隨〈随〉	樣〈样〉	甌〈瓯〉
	槧〈椠〉	歐〈欧〉
	麩〈麸〉	毆〈殴〉
十五畫	賫〈赍〉	賢〈贤〉
【一】	賣〈卖〉	遷〈迁〉
撓〈挠〉	髮〈发〉	憂〈忧〉
撏〈挦〉	鬧〈闹〉	碼〈码〉
撥〈拨〉	靚〈靓〉	磠〈硇〉
撲〈扑〉	暫〈暂〉	確〈确〉
撣〈掸〉	輦〈辇〉	殤〈殇〉
撫〈抚〉	輛〈辆〉	鴇〈鸨〉
撟〈挢〉	輥〈辊〉	鴉〈鸦〉
摯〈挚〉	輞〈辋〉	憖〈慭〉
墳〈坟〉	輪〈轮〉	撻〈挞〉
	輟〈辍〉	蕘〈荛〉

葳〈葳〉	賙〈赒〉	篋〈箧〉
蕓〈芸〉	賠〈赔〉	範〈范〉
蕢〈蒉〉	赕〈赕〉	價〈价〉
蕪〈芜〉	賭〈赌〉	儂〈侬〉
蕎〈荞〉	曉〈晓〉	儉〈俭〉
蕕〈莸〉	噴〈喷〉	儈〈侩〉
蕩〈荡〉	噁〈恶〉	億〈亿〉
蕁〈荨〉	嘸〈呒〉	儀〈仪〉
橢〈椭〉	嘮〈唠〉	徵〈征〉
邁〈迈〉	嘰〈叽〉	衝〈冲〉
【丨】	噝〈咝〉	慫〈怂〉
齒〈齿〉	嘽〈哒〉	徹〈彻〉
劇〈剧〉	數〈数〉	衛〈卫〉
劌〈刿〉	踐〈践〉	皚〈皑〉
膚〈肤〉	蝦〈虾〉	樂〈乐〉
慮〈虑〉	嶠〈峤〉	質〈质〉
罷〈罢〉	嶔〈嵚〉	盤〈盘〉
輝〈辉〉	嶢〈峣〉	鋪〈铺〉
賞〈赏〉	幟〈帜〉	鋏〈铗〉
賦〈赋〉	嶗〈崂〉	鋱〈铽〉
賬〈账〉	輩〈辈〉	銷〈销〉
賭〈赌〉	鄲〈郸〉	鋰〈锂〉
賤〈贱〉	遺〈遗〉	鋇〈钡〉
賜〈赐〉	【丿】	鋥〈锃〉

鋤〈锄〉	魷〈鱿〉	諄〈谆〉
鋯〈锆〉	魯〈鲁〉	諕〈诨〉
鋨〈锇〉	魴〈鲂〉	談〈谈〉
鏽〈锈〉	颳〈刮〉	誼〈谊〉
銼〈锉〉	劉〈刘〉	廟〈庙〉
鋒〈锋〉	皺〈皱〉	廠〈厂〉
鋅〈锌〉	遼〈辽〉	廡〈庑〉
銳〈锐〉	貓〈猫〉	瘡〈疮〉
鋼〈钢〉	鄶〈郐〉	賡〈赓〉
錦〈锑〉		慶〈庆〉
銀〈锒〉	**【丶】**	廢〈废〉
鋹〈锓〉	請〈请〉	瘞〈瘗〉
銅〈铜〉	諸〈诸〉	敵〈敌〉
頜〈颌〉	諏〈诹〉	頦〈颏〉
穎〈颖〉	諑〈诼〉	瑩〈莹〉
劍〈剑〉	誹〈诽〉	潔〈洁〉
劊〈刽〉	課〈课〉	澆〈浇〉
餑〈饽〉	諉〈诿〉	潤〈润〉
餓〈饿〉	諛〈谀〉	澗〈涧〉
餘〈余〉	誰〈谁〉	澾〈汰〉
餒〈馁〉	論〈论〉	潰〈溃〉
膕〈腘〉	諗〈谂〉	澗〈㴪〉
膠〈胶〉	調〈调〉	潯〈浔〉
鴣〈鸹〉	諂〈谄〉	潙〈沩〉
	諒〈谅〉	

潦 〈涝〉	嫵 〈妩〉	緡 〈缗〉
潯 〈浔〉	嬌 〈娇〉	緯 〈纬〉
潑 〈泼〉	嫿 〈妫〉	閱 〈阅〉
憤 〈愤〉	嬈 〈婳〉	閬 〈阆〉
憫 〈悯〉	駕 〈驾〉	遲 〈迟〉
憒 〈愦〉	駑 〈驽〉	選 〈选〉
憚 〈惮〉	翬 〈翚〉	險 〈险〉
憮 〈怃〉	氄 〈毻〉	
憐 〈怜〉	緙 〈缂〉	
寫 〈写〉	緗 〈缃〉	**十六畫**
審 〈审〉	緦 〈缌〉	
窮 〈穷〉	緣 〈缘〉	**【一】**
褲 〈裤〉	練 〈练〉	璣 〈玑〉
鳩 〈鸠〉	緘 〈缄〉	墻 〈墙〉
褯 〈褯〉	緬 〈缅〉	壇 〈坛〉
導 〈导〉	緹 〈缇〉	擄 〈掳〉
【一】	緲 〈缈〉	擋 〈挡〉
層 〈层〉	緝 〈缉〉	擇 〈择〉
彈 〈弹〉	緦 〈缌〉	撿 〈捡〉
槳 〈桨〉	緞 〈缎〉	擔 〈担〉
漿 〈浆〉	緱 〈缑〉	擁 〈拥〉
嬈 〈娆〉	緩 〈缓〉	據 〈据〉
嫻 〈娴〉	締 〈缔〉	橈 〈桡〉
嬋 〈婵〉	編 〈编〉	樹 〈树〉
		樸 〈朴〉

橋 〈桥〉
機 〈机〉
楨 〈桢〉
駱 〈骆〉
駭 〈骇〉
駢 〈骈〉
輳 〈辏〉
輻 〈辐〉
輯 〈辑〉
輸 〈输〉
賴 〈赖〉
頭 〈头〉
頤 〈颐〉
閧 〈哄〉
頸 〈颈〉
頰 〈颊〉
鴣 〈鸪〉
醖 〈酝〉
醜 〈丑〉
磧 〈碛〉
磚 〈砖〉
磣 〈碜〉
歷 〈历〉
曆 〈历〉

勵 〈励〉
奮 〈奋〉
殨 〈殨〉
殫 〈殚〉
蕷 〈蓣〉
薔 〈蔷〉
薑 〈姜〉
薈 〈荟〉
薊 〈蓟〉
薦 〈荐〉
蕭 〈萧〉
薩 〈萨〉

【丨】
頻 〈频〉
盧 〈卢〉
嗊 〈吨〉
噹 〈当〉
噦 〈哕〉
噲 〈哙〉
噥 〈哝〉
噯 〈嗳〉
嘯 〈啸〉
罵 〈骂〉
曉 〈晓〉

瞞 〈瞒〉
瞜 〈睄〉
嘔 〈呕〉
縣 〈县〉
賵 〈赗〉
曇 〈昙〉
踴 〈踊〉
螞 〈蚂〉
螄 〈蛳〉
戰 〈战〉
鴞 〈鸮〉
鴦 〈鸯〉
鴨 〈鸭〉
嶧 〈峄〉
嶼 〈屿〉
還 〈还〉

【丿】
積 〈积〉
穆 〈穆〉
篤 〈笃〉
築 〈筑〉
篳 〈筚〉
篩 〈筛〉
舉 〈举〉

興 〈兴〉	錦 〈锦〉	鮃 〈鲆〉
嶨 〈岿〉	錠 〈锭〉	鮎 〈鲇〉
學 〈学〉	鋸 〈锯〉	穌 〈酥〉
儔 〈俦〉	錳 〈锰〉	鮒 〈鲋〉
憊 〈惫〉	錙 〈锱〉	鮑 〈鲍〉
儕 〈侪〉	錇 〈锫〉	鮍 〈鲏〉
儐 〈傧〉	錨 〈锚〉	鮐 〈鲐〉
録 〈录〉	鍋 〈锅〉	獨 〈独〉
錶 〈表〉	鍵 〈键〉	獫 〈猃〉
錯 〈错〉	鍺 〈锗〉	獪 〈狯〉
鍩 〈锛〉	錏 〈钲〉	獲 〈获〉
鍊 〈炼〉	艙 〈舱〉	龜 〈龟〉
鍬 〈锹〉	艦 〈舰〉	鴒 〈鸰〉
鍀 〈锝〉	墾 〈垦〉	鴰 〈鸹〉
鍔 〈锷〉	餞 〈饯〉	鷗 〈鸥〉
錢 〈钱〉	餛 〈馄〉	鴛 〈鸳〉
鍊 〈锞〉	餜 〈馃〉	
錕 〈锟〉	餡 〈馅〉	【丶】
鍘 〈钊〉	館 〈馆〉	諾 〈诺〉
錫 〈锡〉	頷 〈颔〉	謀 〈谋〉
錮 〈锢〉	頽 〈颓〉	諕 〈谎〉
鋼 〈钢〉	穎 〈颖〉	諶 〈谌〉
錘 〈锤〉	膩 〈腻〉	諜 〈谍〉
錐 〈锥〉	鮁 〈鲅〉	諫 〈谏〉
		諧 〈谐〉

譃	〈谑〉	燈	〈灯〉	鄺	〈邝〉
謁	〈谒〉	燙	〈烫〉	【一】	
謂	〈谓〉	螢	〈萤〉	嬙	〈嫱〉
諤	〈谔〉	營	〈营〉	嬡	〈嫒〉
諭	〈谕〉	縈	〈萦〉	縉	〈缙〉
諼	〈谖〉	澠	〈渑〉	縛	〈缚〉
諷	〈讽〉	濃	〈浓〉	縝	〈缜〉
諮	〈谘〉	濛	〈蒙〉	縟	〈缛〉
諳	〈谙〉	澤	〈泽〉	緻	〈致〉
諺	〈谚〉	濁	〈浊〉	縐	〈绉〉
諦	〈谛〉	澮	〈浍〉	縗	〈缞〉
謎	〈谜〉	澱	〈淀〉	縞	〈缟〉
諢	〈诨〉	澦	〈滪〉	縭	〈缡〉
諞	〈谝〉	懌	〈怿〉	縑	〈缣〉
諱	〈讳〉	懞	〈蒙〉	縊	〈缢〉
諝	〈谞〉	憶	〈忆〉	縫	〈缝〉
憑	〈凭〉	瘦	〈瘘〉	隱	〈隐〉
親	〈亲〉	瘲	〈疭〉	閾	〈阈〉
辦	〈办〉	憲	〈宪〉	閽	〈阍〉
龍	〈龙〉	窺	〈窥〉	閶	〈阊〉
劑	〈剂〉	窶	〈窭〉	閿	〈阌〉
燒	〈烧〉	寫	〈写〉	闍	〈阇〉
燜	〈焖〉	褸	〈褛〉	閻	〈阎〉
熾	〈炽〉	禪	〈禅〉	閼	〈阏〉

十七畫

【一】

耬	〈耧〉
環	〈环〉
瓔	〈瑷〉
覯	〈觏〉
黿	〈鼋〉
幫	〈帮〉
趨	〈趋〉
擱	〈搁〉
擲	〈掷〉
擬	〈拟〉
擠	〈挤〉
擯	〈摈〉
擰	〈拧〉
擴	〈扩〉
擊	〈击〉
蟄	〈蛰〉
縶	〈絷〉
轂	〈毂〉
聲	〈声〉
檉	〈柽〉
檣	〈樯〉

櫃	〈柜〉
檔	〈档〉
櫛	〈栉〉
檢	〈检〉
檜	〈桧〉
麯	〈曲〉
殮	〈殓〉
聰	〈聪〉
聯	〈联〉
艱	〈艰〉
韓	〈韩〉
隸	〈隶〉
贅	〈赘〉
騁	〈骋〉
駸	〈骎〉
駿	〈骏〉
轅	〈辕〉
轄	〈辖〉
輾	〈辗〉
臨	〈临〉
磽	〈硗〉
礄	〈硚〉
磯	〈矶〉
壓	〈压〉

邇	〈迩〉
尷	〈尴〉
鵪	〈鹌〉
鴛	〈鸳〉
壙	〈圹〉
藉	〈借〉
藍	〈蓝〉
舊	〈旧〉
薺	〈荠〉
蓋	〈荩〉

【丨】

齔	〈龀〉
戲	〈戏〉
虧	〈亏〉
瞭	〈了〉
顆	〈颗〉
購	〈购〉
賻	〈赙〉
賺	〈赚〉
嬰	〈婴〉
嚇	〈吓〉
嚀	〈咛〉
曖	〈暖〉

踔 〈跊〉
蹌 〈跄〉
蟎 〈螨〉
螻 〈蝼〉
蟈 〈蝈〉
雖 〈虽〉
覬 〈觊〉
嶺 〈岭〉
嵾 〈嵾〉
嶽 〈岳〉
點 〈点〉

【丿】

矯 〈矫〉
簀 〈箦〉
簍 〈篓〉
輿 〈舆〉
歟 〈欤〉
斂 〈敛〉
優 〈优〉
償 〈偿〉
儲 〈储〉
鍥 〈锲〉
鍇 〈锴〉
鍘 〈铡〉

鍽 〈镅〉
鍈 〈锳〉
錫 〈锡〉
鍶 〈锶〉
鍔 〈锷〉
鍤 〈锸〉
鍾 〈钟〉
鍛 〈锻〉
鎪 〈锼〉
鍬 〈锹〉
鍰 〈锾〉
鍍 〈镀〉
鎂 〈镁〉
鎡 〈镃〉
魎 〈魉〉
禦 〈御〉
聳 〈耸〉
懇 〈恳〉
餳 〈饧〉
餿 〈馊〉
餶 〈馉〉
膿 〈脓〉
臉 〈脸〉
膾 〈脍〉

膽 〈胆〉
臀 〈誊〉
鮭 〈鲑〉
鮚 〈鲒〉
鮪 〈鲔〉
鮦 〈鲖〉
鮫 〈鲛〉
鮮 〈鲜〉
鵃 〈鸼〉
鴭 〈鸹〉
鴰 〈鸹〉
鴿 〈鸽〉
颺 〈飏〉
獰 〈狞〉
獷 〈犷〉

【丶】

講 〈讲〉
謨 〈谟〉
謖 〈谡〉
謝 〈谢〉
謠 〈谣〉
謅 〈诌〉
謗 〈谤〉
謚 〈谥〉

謙 〈谦〉
譣 〈谥〉
襃 〈褒〉
氈 〈毡〉
應 〈应〉
療 〈疗〉
癇 〈痫〉
癉 〈瘅〉
癆 〈痨〉
癘 〈疠〉
齋 〈斋〉
糞 〈粪〉
糝 〈糁〉
燦 〈灿〉
燭 〈烛〉
燴 〈烩〉
鴻 〈鸿〉
濤 〈涛〉
濫 〈滥〉
濕 〈湿〉
濟 〈济〉
濱 〈滨〉
濘 〈泞〉
澀 〈涩〉

濰 〈潍〉
懨 〈恹〉
襌 〈裆〉
襖 〈袄〉
襖 〈袄〉
禮 〈礼〉
賽 〈赛〉
鼇 〈鳌〉
鼇 〈鏊〉
斃 〈毙〉

【一】

屨 〈屦〉
彌 〈弥〉
嬪 〈嫔〉
績 〈绩〉
縹 〈缥〉
縷 〈缕〉
縵 〈缦〉
繆 〈缪〉
總 〈总〉
縱 〈纵〉
縴 〈纤〉
縮 〈缩〉
繆 〈缪〉
繅 〈缫〉

嚮 〈向〉
闌 〈阑〉
闈 〈闱〉
闊 〈板〉
闊 〈阔〉
闉 〈闱〉
闃 〈阒〉

十八畫

【一】

耮 〈耢〉
瓊 〈琼〉
釐 〈厘〉
鬆 〈松〉
翹 〈翘〉
撵 〈撵〉
擷 〈撷〉
擾 〈扰〉
擺 〈摆〉
攄 〈摅〉
擻 〈擞〉
礎 〈础〉
殯 〈殡〉
贖 〈赎〉

檯	〈台〉	藪	〈薮〉	蟬	〈蝉〉
櫃	〈柜〉	蠆	〈虿〉	蟣	〈虮〉
檻	〈槛〉	繭	〈茧〉	鵑	〈鹃〉
檮	〈桐〉	藥	〈药〉	顒	〈颙〉
檳	〈槟〉	蘊	〈蕴〉	覷	〈觑〉
檸	〈柠〉	蕮	〈劳〉	【丿】	
燾	〈焘〉	霧	〈雾〉	穫	〈获〉
鵝	〈鹅〉	【丨】		穡	〈穑〉
螯	〈螯〉	嚙	〈啮〉	穢	〈秽〉
贅	〈赘〉	嚕	〈噜〉	簡	〈简〉
轟	〈聂〉	豐	〈丰〉	簣	〈篑〉
聵	〈聩〉	懟	〈怼〉	簞	〈箪〉
職	〈职〉	叢	〈丛〉	軀	〈躯〉
觀	〈觐〉	題	〈题〉	歸	〈归〉
鞦	〈秋〉	蹝	〈跶〉	鎮	〈镇〉
闖	〈闯〉	瞼	〈睑〉	鎘	〈镉〉
騏	〈骐〉	矇	〈蒙〉	鎖	〈锁〉
騎	〈骑〉	曠	〈旷〉	鎧	〈铠〉
騾	〈骡〉	顓	〈颛〉	鎳	〈镍〉
雛	〈雏〉	蹟	〈迹〉	鋒	〈锋〉
轉	〈转〉	蹣	〈蹒〉	鎘	〈镉〉
轆	〈辘〉	壘	〈垒〉	鎢	〈钨〉
醫	〈医〉	蟯	〈蛲〉	鍛	〈铩〉
藝	〈艺〉	蟲	〈虫〉	鎦	〈镏〉

鎬〈镐〉　　鵝〈鹅〉　　瀋〈沈〉
鎯〈锒〉　　鵒〈鹆〉　　襧〈祢〉
鏈〈链〉　　雛〈雏〉　　襠〈裆〉
鎰〈镒〉　　雙〈双〉　　襝〈裣〉
鎵〈镓〉　　邊〈边〉　　燾〈焘〉
鎷〈镑〉　　　　　　　竄〈窜〉
鏵〈铧〉　　【丶】　　竅〈窍〉
餶〈馎〉　　謹〈谨〉　　額〈额〉
餼〈饩〉　　謳〈讴〉　　鯊〈鲨〉
饃〈馍〉　　謾〈谩〉　　鯡〈鲱〉
餾〈馏〉　　謫〈谪〉　　癤〈疖〉
饈〈馐〉　　謬〈谬〉
臏〈膑〉　　謭〈谫〉　　【一】
臍〈脐〉　　雜〈杂〉　　嫜〈婶〉
鯁〈鲠〉　　離〈离〉　　繞〈绕〉
鯽〈鲫〉　　顔〈颜〉　　繚〈缭〉
鯉〈鲤〉　　糧〈粮〉　　織〈织〉
鯀〈鲧〉　　燼〈烬〉　　繕〈缮〉
鯇〈鲩〉　　瀆〈渎〉　　繒〈缯〉
颸〈飔〉　　蕙〈蕙〉　　醬〈酱〉
颼〈飕〉　　濾〈滤〉　　韞〈韫〉
觴〈觞〉　　濺〈溅〉　　斷〈断〉
獵〈猎〉　　瀏〈浏〉　　闖〈闯〉
鵠〈鹄〉　　濼〈泺〉　　闔〈阖〉
　　　　　　瀉〈泻〉　　闐〈阗〉

閭 〈闾〉
闕 〈阙〉
隴 〈陇〉

十九畫

【一】

壢 〈坜〉
壚 〈垆〉
壞 〈坏〉
攏 〈拢〉
擇 〈择〉
蘇 〈苏〉
櫝 〈椟〉
櫟 〈栎〉
櫓 〈橹〉
櫞 〈橼〉
櫧 〈槠〉
轎 〈轿〉
轍 〈辙〉
轔 〈辚〉
鏨 〈錾〉
繫 〈系〉
麗 〈丽〉

厴 〈厣〉
礙 〈碍〉
礦 〈矿〉
礪 〈砺〉
贋 〈赝〉
顛 〈颠〉
願 〈愿〉
難 〈难〉
鵡 〈鹉〉
鵲 〈鹊〉
鶴 〈鹤〉
鶓 〈鹋〉
鶩 〈鹜〉
鬍 〈胡〉
騙 〈骗〉
騷 〈骚〉
璽 〈玺〉
獷 〈犷〉
麈 〈麈〉
蘋 〈苹〉
蘆 〈芦〉
蘭 〈萄〉
薹 〈苤〉
蘄 〈蕲〉

蘇 〈苏〉
藹 〈蔼〉
蘢 〈茏〉
勸 〈劝〉

【丨】

嚦 〈呖〉
嚨 〈咙〉
嶢 〈峣〉
蠖 〈蛏〉
蠅 〈蝇〉
蟻 〈蚁〉
獸 〈兽〉
羆 〈罴〉
羅 〈罗〉
疇 〈畴〉
贈 〈赠〉
嚴 〈严〉

【丿】

氇 〈氇〉
獺 〈獭〉
犢 〈犊〉
穩 〈稳〉
簽 〈签〉
簾 〈帘〉

簫〈箫〉　　　鯪〈鲮〉　　　癢〈痒〉
贊〈赞〉　　　鰍〈鳅〉　　　癟〈瘪〉
牘〈牍〉　　　鯡〈鲱〉　　　壟〈垄〉
懲〈惩〉　　　鯤〈鲲〉　　　韻〈韵〉
臘〈腊〉　　　鯧〈鲳〉　　　類〈类〉
鵬〈鹏〉　　　鯢〈鲵〉　　　爍〈烁〉
鏗〈铿〉　　　鯰〈鲶〉　　　瀨〈濑〉
鏢〈镖〉　　　鯛〈鲷〉　　　瀝〈沥〉
鏜〈镗〉　　　鯨〈鲸〉　　　瀕〈濒〉
鏤〈镂〉　　　鯔〈鲻〉　　　瀘〈泸〉
鏝〈镘〉　　　鴿〈鸽〉　　　瀧〈泷〉
鏞〈镛〉　　　颼〈飔〉　　　瀟〈潇〉
鏡〈镜〉　　　　　　　　　　懶〈懒〉
鏟〈铲〉　　　【丶】　　　　懷〈怀〉
鐯〈锗〉　　　譚〈谭〉　　　寵〈宠〉
鏑〈镝〉　　　譖〈谮〉　　　襤〈褴〉
鏃〈镞〉　　　譙〈谯〉　　　襪〈袜〉
鏇〈旋〉　　　識〈识〉　　　鵰〈鹛〉
鏘〈锵〉　　　譜〈谱〉　　　鶉〈鹑〉
鏰〈镚〉　　　證〈证〉　　　
辭〈辞〉　　　譎〈谲〉　　　【一】
饉〈馑〉　　　譏〈讥〉　　　繡〈绣〉
饅〈馒〉　　　廬〈庐〉　　　繮〈缰〉
鯖〈鲭〉　　　龐〈庞〉　　　繩〈绳〉
　　　　　　　癡〈痴〉　　　繰〈缲〉

繹 〈绎〉
繾 〈缱〉
繳 〈缴〉
繪 〈绘〉
繼 〈继〉
韜 〈韬〉
鶩 〈鹜〉
騖 〈骛〉
顙 〈颡〉
關 〈关〉
闞 〈阚〉

二十畫

【一】

瓏 〈珑〉
攖 〈撄〉
攔 〈拦〉
攙 〈搀〉
櫪 〈枥〉
櫨 〈栌〉
櫸 〈榉〉
櫬 〈榇〉
櫳 〈栊〉
礬 〈矾〉

礫 〈砾〉
礨 〈㻬〉
飄 〈飘〉
顤 〈颡〉
麵 〈面〉
鷙 〈鸷〉
騮 〈骝〉
騶 〈驺〉
騙 〈骗〉
驊 〈骅〉
鶘 〈鹕〉
蘭 〈兰〉
薇 〈蕺〉
蘚 〈藓〉
蘜 〈莴〉

【丨】

嚶 〈嘤〉
鹹 〈咸〉
齜 〈龇〉
齟 〈龃〉
齡 〈龄〉
齣 〈出〉
齙 〈龅〉
韶 〈韶〉
獻 〈献〉
黨 〈党〉

懸 〈悬〉
罌 〈罂〉
贍 〈赡〉
蠐 〈蛴〉
蠑 〈蝾〉
蠣 〈蛎〉
鶡 〈鹖〉
鶚 〈鹗〉
鶻 〈鹘〉
髏 〈髅〉

【丿】

犧 〈牺〉
籌 〈筹〉
籃 〈篮〉
譽 〈誉〉
覺 〈觉〉
譽 〈誊〉
艦 〈舰〉
鐃 〈铙〉
鐐 〈镣〉
鏷 〈镤〉
鐓 〈镦〉
鐘 〈钟〉
鐋 〈铴〉
鐕 〈镄〉
鐙 〈镫〉

鐯	〈错〉
鐬	〈镢〉
鐦	〈铜〉
鏓	〈锶〉
鐧	〈铜〉
饒	〈饶〉
饋	〈馈〉
饌	〈馔〉
饑	〈饥〉
臚	〈胪〉
朧	〈胧〉
騰	〈腾〉
釋	〈释〉
鰆	〈鲭〉
鰂	〈鲗〉
鰓	〈鳃〉
鰈	〈鲽〉
鰍	〈鳅〉
鰌	〈鳅〉
鰒	〈鳆〉
鰉	〈鳇〉
鯿	〈鳊〉
鷙	〈鸷〉
獼	〈猕〉
觸	〈触〉
巇	〈蒇〉

【丶】

譯	〈译〉
譫	〈谵〉
議	〈议〉
護	〈护〉
譴	〈谴〉
癥	〈症〉
辮	〈辫〉
競	〈竞〉
贏	〈赢〉
糲	〈粝〉
糰	〈团〉
爐	〈炉〉
瀾	〈澜〉
瀲	〈潋〉
瀰	〈弥〉
懺	〈忏〉
寶	〈宝〉
騫	〈骞〉
竇	〈窦〉
擺	〈摆〉
鶒	〈鹓〉

【一】

繽	〈缤〉
繼	〈继〉
纊	〈纩〉

鷥	〈鸶〉
鶻	〈鹘〉
闡	〈阐〉
闞	〈阚〉
饗	〈飨〉
響	〈响〉

二十一畫

【一】

攛	〈扴〉
攝	〈摄〉
攉	〈㧟〉
權	〈权〉
欄	〈栏〉
櫻	〈樱〉
瓔	〈璎〉
覽	〈览〉
殲	〈歼〉
轟	〈轰〉
驃	〈骠〉
驅	〈驱〉
驃	〈骠〉
驄	〈骢〉
驂	〈骖〉

鰲	〈鳌〉	儼	〈俨〉	臢	〈臜〉
韄	〈鞯〉	鏽	〈锈〉	飈	〈飙〉
歡	〈欢〉	鐵	〈铁〉	**【丶】**	
酈	〈郦〉	鐳	〈镭〉	辯	〈辩〉
【丨】		鐺	〈铛〉	癩	〈癞〉
齜	〈龇〉	鐸	〈铎〉	癧	〈疬〉
齦	〈龈〉	鐶	〈镮〉	癮	〈瘾〉
贐	〈赆〉	鐲	〈镯〉	斕	〈斓〉
囁	〈嗫〉	鐮	〈镰〉	齹	〈砻〉
囈	〈呓〉	鑊	〈镬〉	爛	〈烂〉
囀	〈啭〉	鏡	〈镱〉	灄	〈滠〉
囂	〈嚣〉	鷂	〈鹞〉	灃	〈沣〉
顥	〈颢〉	鷓	〈鹧〉	灕	〈漓〉
躊	〈踌〉	鶬	〈鸧〉	懾	〈慑〉
躋	〈跻〉	鷄	〈鸡〉	懼	〈惧〉
躍	〈跃〉	鰭	〈鳍〉	顧	〈顾〉
躑	〈踯〉	鮒	〈鲋〉	襯	〈衬〉
纍	〈累〉	鰳	〈鳓〉	鶘	〈鹕〉
蠟	〈蜡〉	鰱	〈鲢〉	鶯	〈莺〉
巋	〈岿〉	鰷	〈鲦〉	鶪	〈䴗〉
髒	〈脏〉	鰜	〈鳒〉	鶴	〈鹤〉
【丿】		鰥	〈鳏〉	竈	〈灶〉
儺	〈傩〉	鰟	〈鳑〉	**【一】**	
儷	〈俪〉	鰧	〈䲢〉	屬	〈属〉

纈〈缬〉
續〈续〉
纏〈缠〉
闢〈辟〉

二十二畫

【一】

攤〈摊〉
攢〈攒〉
聽〈听〉
鬚〈须〉
覿〈觌〉
轢〈轹〉
驍〈骁〉
驕〈骄〉
鷙〈鸷〉
鷗〈鸥〉
鷖〈鹥〉
鑒〈鉴〉
霽〈霁〉
蘿〈萝〉
邐〈逦〉
驚〈惊〉

【丨】

齬〈龉〉
齪〈龊〉
贖〈赎〉
躓〈踬〉
囌〈苏〉
囉〈啰〉
躚〈跹〉
巔〈巅〉
體〈体〉
躚〈跹〉
邏〈逻〉
巖〈岩〉
蠨〈蟏〉

【丿】

罎〈坛〉
儻〈傥〉
玀〈猡〉
籜〈箨〉
籟〈籁〉
籙〈箓〉
籠〈笼〉
艫〈舻〉
鑄〈铸〉

鑔〈镲〉
鑌〈镔〉
龕〈龛〉
糴〈籴〉
鰳〈鳓〉
鱅〈鳙〉
鰵〈鳘〉
鰹〈鲣〉
鰾〈鳔〉
鱈〈鳕〉
鰻〈鳗〉
鰼〈鳛〉

【丶】

讀〈读〉
巒〈峦〉
彎〈弯〉
孿〈孪〉
孌〈娈〉
癭〈瘿〉
癬〈癣〉
聾〈聋〉
龔〈龚〉
襲〈袭〉
鱉〈鳖〉

灘〈滩〉
灑〈洒〉
竊〈窃〉
顫〈颤〉
鷗〈鸥〉

【→】

鷚〈鹨〉
轡〈辔〉

二十三畫

【一】

瓚〈瓒〉
攪〈搅〉
欏〈椤〉
轤〈轳〉
驛〈驿〉
驗〈验〉
曆〈靥〉
饜〈餍〉
魘〈魇〉
鷯〈鹩〉
顬〈颥〉
鬁〈䨱〉

【丨】

曬〈晒〉
蠱〈蛊〉
顯〈显〉
髕〈髌〉
髖〈髋〉

【丿】

籤〈签〉
黴〈霉〉
鑠〈铄〉
鑥〈镥〉
鑕〈锧〉
鑣〈镳〉
鑞〈镴〉
臢〈臜〉
鱖〈鳜〉
鱔〈鳝〉
鱗〈鳞〉
鱒〈鳟〉
鱘〈鲟〉
讎〈雠〉
鷦〈鹪〉

【丶】

讌〈谳〉
欒〈栾〉
攣〈挛〉
變〈变〉
戀〈恋〉
鷲〈鹫〉
癰〈痈〉
讐〈詟〉
齏〈齑〉

【→】

纓〈缨〉
纖〈纤〉
纔〈才〉
鷸〈鹬〉
鷥〈鸶〉
鷴〈鹇〉

二十四畫

【一】

攬〈揽〉
壩〈坝〉
韆〈千〉

鬢 〈鬓〉

鹽 〈盐〉

釀 〈酿〉

靂 〈雳〉

靈 〈灵〉

霭 〈霭〉

驟 〈骤〉

蠶 〈蚕〉

觀 〈观〉

【丨】

艷 〈艳〉

囑 〈嘱〉

齲 〈龋〉

齷 〈龌〉

鹼 〈硷〉

蠿 〈蠥〉

鷥 〈鸶〉

羈 〈羁〉

贜 〈赃〉

【丿】

籩 〈笾〉

籬 〈篱〉

齗 〈龂〉

鱟 〈鲎〉

鱧 〈鳢〉

鱸 〈鲈〉

黌 〈黉〉

【丶】

讕 〈谰〉

讖 〈谶〉

讒 〈谗〉

讓 〈让〉

癱 〈瘫〉

癲 〈癫〉

贛 〈赣〉

鸇 〈鹯〉

鷹 〈鹰〉

灝 〈灏〉

【一】

鸊 〈䴙〉

二十五畫

【一】

欖 〈榄〉

靉 〈叆〉

韉 〈鞯〉

【丨】

顱 〈颅〉

躥 〈蹿〉

躪 〈躏〉

鼉 〈鼍〉

【丿】

籮 〈箩〉

鑭 〈镧〉

鑰 〈钥〉

鑲 〈镶〉

饞 〈馋〉

鱨 〈鲿〉

鱭 〈鲚〉

【丶】

蠻 〈蛮〉

廥 〈裔〉

廳 〈厅〉

灣 〈湾〉

【一】

糶 〈粜〉

纘 〈缵〉

二十六畫

【一】

驥 〈骥〉

驢 〈驴〉

趲 〈趱〉

釃 〈酾〉

釅〈酽〉
靨〈魇〉
顬〈颥〉

【｜】

矙〈䁖〉
躓〈踬〉
圙〈阓〉
躏〈躏〉

【丿】

釁〈衅〉
鑷〈镊〉
鑲〈镶〉

【丶】

灤〈滦〉

二十七畫

【一】

驤〈骧〉
顳〈颞〉

【｜】

鸕〈鸬〉
驥〈骥〉

【丿】

鑼〈锣〉
鑽〈钻〉
鱸〈鲈〉

【丶】

讞〈谳〉
讜〈谠〉
鑾〈銮〉
灩〈滟〉

【→】

纜〈缆〉

二十八畫

【一】

欞〈棂〉
鑿〈凿〉
鸚〈鹦〉

鑷〈锐〉
钁〈镬〉
戇〈戆〉
鸛〈鹳〉

二十九畫

驪〈骊〉
鬱〈郁〉

三十畫

鸝〈鹂〉
鱺〈鲡〉
鸞〈鸾〉
饢〈馕〉

三十二畫

籲〈吁〉

漢語拼音檢索

漢語拼音方案

(1957 年 11 月 1 日國務院全體會議第 60 次會議通過)
(1958 年 2 月 11 日第一屆全國人民代表大會第五次會議
批準)

（一）字母表

字母	Aa	Bb	Cc	Dd	Ee	Ff	Gg
名稱	ㄚ	ㄅㄝ	ㄘㄝ	ㄉㄝ	ㄜ	ㄝㄈ	ㄍㄝ
	Hh	Ii	Jj	Kk	Ll	Mm	Nn
	ㄏㄚ	ㄧ	ㄐㄩㄝ	ㄎㄝ	ㄝㄌ	ㄝㄇ	ㄋㄝ
	Oo	Pp	Qq	Rr	Ss	Tt	
	ㄛ	ㄆㄝ	ㄑㄧㄡ	ㄚㄦ	ㄝㄙ	ㄊㄝ	
	Uu	Vv	Ww	Xx	Yy	Zz	
	ㄨ	ㄎㄝ	ㄨㄚ	ㄒㄧ	ㄧㄚ	ㄗㄝ	

V 只用來拼寫外來語、少數民族語言和方言。
字母的手寫體依照拉丁字母的一般書寫習慣。

（二）聲母表

字母	b	p	m	f
名稱	ㄅ玻	ㄆ坡	ㄇ摸	ㄈ佛
	d	t	n	l
	ㄉ得	ㄊ特	ㄋ訥	ㄌ勒
	g	k	h	
	ㄍ哥	ㄎ科	ㄏ喝	
	j	q	x	
	ㄐ基	ㄑ欺	ㄒ希	
	zh	ch	sh	r
	ㄓ知	ㄔ蚩	ㄕ詩	ㄖ日
	z	c	s	
	ㄗ資	ㄘ雌	ㄙ思	
	在給漢字注音的時候，爲了使拼式簡短，zh ch sh 可以省作 ẑ ĉ ŝ。			

（三）韵母表

	i ㄧ 衣	u ㄨ 乌	ü ㄩ 迂
a ㄚ 啊	ia ㄧㄚ 呀	ua ㄨㄚ 蛙	
o ㄛ 喔		uo ㄨㄛ 窝	
e ㄜ 鹅	ie ㄧㄝ 耶		üe ㄩㄝ 约
ai ㄞ 哀		uai ㄨㄞ 歪	
ei ㄟ 诶		uei ㄨㄟ 威	
ao ㄠ 熬	iao ㄧㄠ 腰		
ou ㄡ 欧	iou ㄧㄡ 忧		
an ㄢ 安	ian ㄧㄢ 烟	uan ㄨㄢ 弯	üan ㄩㄢ 冤
en ㄣ 恩	in ㄧㄣ 因	uen ㄨㄣ 温	ün ㄩㄣ 晕
ang ㄤ 昂	iang ㄧㄤ 央	uang ㄨㄤ 汪	
eng ㄥ 亨的韵母	ing ㄧㄥ 英	ueng ㄨㄥ 翁	
ong （ㄨㄥ）轰的韵母	iong ㄩㄥ 雍		

97

(1) "知、蚩、詩、日、資、雌、思"第七個音節的韵母用 i，即：知、蚩、詩、日、資、雌、思等字拼作 zhi，chi, shi, ri, zi, ci, si。

(2) 韵母儿寫成 er，用作韵尾的時候寫成 r。例如："兒童"拼作 ertong，"花兒"拼作 huar。

(3) 韵母ㄝ單用的時候寫成 ê。

(4) i 行的韵母，前面没有聲母的時候，寫成 yi（衣），ya（呀），ye（耶），yao（腰），you（憂），yan（煙），yin（因），yang（央），ying（英），yong（雍）。

　　u 行的韵母，前面没有聲母的時候，寫成 wu（烏），wa（蛙），wo（窩），wai（歪），wei（威），wan（彎），wen（溫），wang（汪），weng（翁）。

　　ü 行的韵母，前面没有聲母的時候，寫成 yu（迂），yue（約），yuan（冤），yun（暈）；ü 上兩點省略。

　　ü 行的韵母跟聲母 j, q, x 拼的時候，寫成 ju（居），qu（區），xu（虛），ü 上兩點也省略；但是跟聲母 n, l 拼的時候，仍然寫成 nü（女），lü（呂）。

(5) iou, uei, uen 前面加聲母的時候，寫成 iu, ui, un，例如 niu（牛），gui（歸），lun（論）。

(6) 在給漢字注音的時候，爲了使拼式簡短，ng 可以省作 ŋ。

(7) a, o, e 開頭的音節連接在其他音節后面的時候，如果音節的界限發生混淆，用隔音符號（'）隔開，例如：pi'ao（皮襖）。

A

ai
（ㄞ）

锿　〈鎄〉
皑　〈皚〉
霭　〈靄〉
蔼　〈藹〉
爱　〈愛〉
叆　〈靉〉
瑷　〈璦〉
嗳　〈噯〉
暖　〈曖〉
嫒　〈嬡〉
碍　〈礙〉

an
（ㄢ）

谙　〈諳〉
鹌　〈鵪〉
铵　〈銨〉

ang
（尢）

肮　〈骯〉

ao
（幺）

鳌　〈鰲〉
骜　〈驁〉
袄　〈襖〉

B

ba
（ㄅㄚ）

鲅　〈鮁〉
钯　〈鈀〉
坝　〈壩〉
罢　〈罷〉

bai
（ㄅㄞ）

摆　〈擺〉
　　〈襬〉
败　〈敗〉

ban
（ㄅㄢ）

颁　〈頒〉
板　〈闆〉

绊　〈絆〉
办　〈辦〉

bang
（ㄅㄤ）

帮　〈幫〉
绑　〈綁〉
谤　〈謗〉
镑　〈鎊〉

bao
（ㄅㄠ）

鲍　〈鮑〉
宝　〈寶〉
饱　〈飽〉
鸨　〈鴇〉
报　〈報〉
鲍　〈鮑〉

bei
（ㄅㄟ）

惫　〈憊〉
辈　〈輩〉
贝　〈貝〉

钡	〈鋇〉	币	〈幣〉	表	〈錶〉
狈	〈狽〉	贲	〈賁〉		
备	〈備〉	闭	〈閉〉		
呗	〈唄〉	毙	〈斃〉	**bie**	
		跸	〈蹕〉	(ㄅㄧㄝ)	

ben
(ㄅㄣ)

锛	〈錛〉			鳖	〈鱉〉
贲	〈賁〉	**bian**		瘪	〈癟〉
		(ㄅㄧㄢ)		别	〈彆〉

beng
(ㄅㄥ)

绷	〈繃〉	编	〈編〉	**bin**	
镚	〈鏰〉	边	〈邊〉	(ㄅㄧㄣ)	
		笾	〈籩〉	宾	〈賓〉
		贬	〈貶〉	滨	〈濱〉
bi		辩	〈辯〉	槟	〈檳〉
(ㄅㄧ)		辫	〈辮〉	傧	〈儐〉
		变	〈變〉	缤	〈繽〉
笔	〈筆〉	鳊	〈鯿〉	镔	〈鑌〉
铋	〈鉍〉			濒	〈瀕〉
筚	〈篳〉			鬓	〈鬢〉
毕	〈畢〉	**biao**		摈	〈擯〉
荜	〈蓽〉	(ㄅㄧㄠ)		殡	〈殯〉
哔	〈嗶〉	镳	〈鑣〉	膑	〈臏〉
滗	〈潷〉	标	〈標〉	髌	〈髕〉
		鳔	〈鰾〉		
		镖	〈鏢〉		
		飙	〈飆〉		

bing
（ㄅ一ㄥ）

槟 〈檳〉

饼 〈餅〉

bo
（ㄅㄛ）

饽 〈餑〉

钵 〈鉢〉

拨 〈撥〉

鹁 〈鵓〉

馎 〈餺〉

钹 〈鈸〉

驳 〈駁〉

铂 〈鉑〉

卜 〈蔔〉

bu
（ㄅㄨ）

补 〈補〉

布 〈佈〉

钚 〈鈈〉

C

cai
（ㄘㄞ）

才 〈纔〉

财 〈財〉

can
（ㄘㄢ）

参 〈參〉

骖 〈驂〉

蚕 〈蠶〉

惭 〈慚〉

残 〈殘〉

惨 〈慘〉

穇 〈穇〉

灿 〈燦〉

cang
（ㄘㄤ）

仓 〈倉〉

沧 〈滄〉

苍 〈蒼〉

伧 〈傖〉

鸧 〈鶬〉

舱 〈艙〉

ce
（ㄘㄜ）

测 〈測〉

恻 〈惻〉

厕 〈厠〉

侧 〈側〉

cen
（ㄘㄣ）

参 〈參〉

ceng
（ㄘㄥ）

层 〈層〉

ci
（ㄘ）

鹚 〈鷀〉

辞 〈辭〉

词 〈詞〉

赐 〈賜〉

cong
（ㄘㄨㄥ）

聪　〈聰〉
騣　〈騣〉
枞　〈樅〉
苁　〈蓯〉
从　〈從〉
丛　〈叢〉

cou
（ㄘㄡ）

辏　〈輳〉

cuan
（ㄘㄨㄢ）

撺　〈攛〉
蹿　〈躥〉
镩　〈鑹〉
窜　〈竄〉
攒　〈攢〉

cui
（ㄘㄨㄟ）

缞　〈縗〉

cuo
（ㄘㄨㄛ）

瑳　〈瑳〉
错　〈錯〉
锉　〈銼〉

CH

cha
（ㄔㄚ）

馇　〈餷〉
锸　〈鍤〉
诧　〈詫〉
镲　〈鑔〉

chai
（ㄔㄞ）

钗　〈釵〉
侪　〈儕〉
虿　〈蠆〉

chan
（ㄔㄢ）

搀　〈攙〉

掺　〈摻〉
觇　〈覘〉
缠　〈纏〉
禅　〈禪〉
蝉　〈蟬〉
婵　〈嬋〉
谗　〈讒〉
馋　〈饞〉
产　〈產〉
浐　〈滻〉
铲　〈鏟〉
蒇　〈蕆〉
阐　〈闡〉
辗　〈幝〉
谄　〈諂〉
忏　〈懺〉
颤　〈顫〉
划　〈劃〉

chang
（ㄔㄤ）

伥　〈倀〉
偿　〈償〉

阊 〈閶〉	尘 〈塵〉	痴 〈癡〉
鲳 〈鯧〉	陈 〈陳〉	迟 〈遲〉
尝 〈嘗〉	碜 〈磣〉	驰 〈馳〉
鳓 〈鱨〉	衬 〈襯〉	齿 〈齒〉
长 〈長〉	榇 〈櫬〉	炽 〈熾〉
肠 〈腸〉	谶 〈讖〉	饬 〈飭〉
场 〈場〉	称 〈稱〉	
厂 〈廠〉	龀 〈齔〉	**chong**
怅 〈悵〉		**(彳ㄨㄥ)**
畅 〈暢〉	**cheng**	冲 〈衝〉
	(彳ㄥ)	虫 〈蟲〉
chao	柽 〈檉〉	宠 〈寵〉
(彳ㄠ)	蛏 〈蟶〉	铳 〈銃〉
钞 〈鈔〉	赪 〈赬〉	
	称 〈稱〉	**chou**
che	枨 〈棖〉	**(彳ㄡ)**
(彳ㄜ)	诚 〈誠〉	畴 〈疇〉
车 〈車〉	惩 〈懲〉	筹 〈籌〉
砗 〈硨〉	骋 〈騁〉	踌 〈躊〉
彻 〈徹〉	铛 〈鐺〉	俦 〈儔〉
		雠 〈讎〉
chen	**chi**	绸 〈綢〉
(彳ㄣ)	**(彳)**	丑 〈醜〉
谌 〈諶〉	鸱 〈鴟〉	

chu
（彳ㄨ）

出　〈齣〉
锄　〈鋤〉
刍　〈芻〉
雏　〈雛〉
储　〈儲〉
础　〈礎〉
处　〈處〉
绌　〈絀〉
触　〈觸〉

chuan
（彳ㄨㄢ）

传　〈傳〉
钏　〈釧〉

chuang
（彳ㄨㄤ）

疮　〈瘡〉
床　〈牀〉
闯　〈闖〉
怆　〈愴〉
创　〈創〉

chui
（彳ㄨㄟ）

锤　〈錘〉

chun
（彳ㄨㄣ）

鰆　〈鰆〉
鹑　〈鶉〉
纯　〈純〉
唇　〈脣〉
莼　〈蒓〉

chuo
（彳ㄨㄛ）

绰　〈綽〉
龊　〈齪〉
辍　〈輟〉

D

da
（ㄉㄚ）

达　〈達〉
哒　〈噠〉

鞑　〈韃〉

dai
（ㄉㄞ）

呆　〈獃〉
贷　〈貸〉
绐　〈給〉
带　〈帶〉
埭　〈靆〉

dan
（ㄉㄢ）

单　〈單〉
担　〈擔〉
殚　〈殫〉
箪　〈簞〉
郸　〈鄲〉
掸　〈撣〉
胆　〈膽〉
赕　〈賧〉
惮　〈憚〉
瘅　〈癉〉
弹　〈彈〉
诞　〈誕〉

dang
(ㄉㄤ)

裆　〈襠〉
铛　〈鐺〉
当　〈當〉
　　〈噹〉
党　〈黨〉
谠　〈讜〉
挡　〈擋〉
档　〈檔〉
砀　〈碭〉
荡　〈蕩〉

dao
(ㄉㄠ)

刟　〈剴〉
祷　〈禱〉
岛　〈島〉
捣　〈搗〉
导　〈導〉

de
(ㄉㄜ)

锝　〈鍀〉

deng
(ㄉㄥ)

灯　〈燈〉
镫　〈鐙〉
邓　〈鄧〉

di
(ㄉㄧ)

镝　〈鏑〉
觌　〈覿〉
籴　〈糴〉
敌　〈敵〉
涤　〈滌〉
诋　〈詆〉
谛　〈諦〉
缔　〈締〉
递　〈遞〉

dian
(ㄉㄧㄢ)

颠　〈顛〉
癫　〈癲〉
巅　〈巔〉

点　〈點〉
淀　〈澱〉
垫　〈墊〉
电　〈電〉
钿　〈鈿〉

diao
(ㄉㄧㄠ)

鲷　〈鯛〉
钓　〈釣〉
锦　〈錭〉
铫　〈銚〉
调　〈調〉
鸢　〈鴬〉

die
(ㄉㄧㄝ)

谍　〈諜〉
鲽　〈鰈〉
绖　〈絰〉

ding
(ㄉㄧㄥ)

钉　〈釘〉

顶 〈頂〉
订 〈訂〉
锭 〈錠〉

diu
（ㄉㄧㄡ）
铥 〈銩〉

dong
（ㄉㄨㄥ）
东 〈東〉
鸫 〈鶫〉
崬 〈崬〉
冬 〈鼕〉
动 〈動〉
冻 〈凍〉
栋 〈棟〉
胨 〈腖〉

dou
（ㄉㄡ）
斗 〈鬥〉
窦 〈竇〉

du
（ㄉㄨ）
读 〈讀〉
渎 〈瀆〉
椟 〈櫝〉
黩 〈黷〉
牍 〈犢〉
牍 〈牘〉
独 〈獨〉
赌 〈賭〉
笃 〈篤〉
镀 〈鍍〉

duan
（ㄉㄨㄢ）
断 〈斷〉
锻 〈鍛〉
缎 〈緞〉
簖 〈籪〉

dui
（ㄉㄨㄟ）
怼 〈懟〉
对 〈對〉

队 〈隊〉

dun
（ㄉㄨㄣ）
吨 〈噸〉
镦 〈鐓〉
趸 〈躉〉
钝 〈鈍〉
顿 〈頓〉

duo
（ㄉㄨㄛ）
夺 〈奪〉
铎 〈鐸〉
驮 〈馱〉
堕 〈墮〉
饳 〈飿〉

E
e
（ㄜ）
额 〈額〉
锇 〈鋨〉
鹅 〈鵝〉

讹 〈訛〉
恶 〈惡〉
　 〈噁〉
垩 〈堊〉
轭 〈軛〉
谔 〈諤〉
鹗 〈鶚〉
鳄 〈鱷〉
锷 〈鍔〉
饿 〈餓〉

ê
(ㄝ)
诶 〈誒〉

er
(ㄦ)
儿 〈兒〉
鸸 〈鴯〉
饵 〈餌〉
铒 〈鉺〉
尔 〈爾〉
迩 〈邇〉
贰 〈貳〉

F

fa
(ㄈㄚ)
发 〈發〉
　 〈髮〉
罚 〈罰〉
阀 〈閥〉

fan
(ㄈㄢ)
烦 〈煩〉
矾 〈礬〉
钒 〈釩〉
贩 〈販〉
饭 〈飯〉
范 〈範〉

fang
(ㄈㄤ)
钫 〈鈁〉
鲂 〈魴〉
访 〈訪〉
纺 〈紡〉

fei
(ㄈㄟ)
绯 〈緋〉
鲱 〈鯡〉
飞 〈飛〉
诽 〈誹〉
废 〈廢〉
费 〈費〉
镄 〈鐨〉

fen
(ㄈㄣ)
纷 〈紛〉
坟 〈墳〉
豮 〈豶〉
粪 〈糞〉
愤 〈憤〉
偾 〈僨〉
奋 〈奮〉

feng
(ㄈㄥ)
丰 〈豐〉
沣 〈灃〉
锋 〈鋒〉
风 〈風〉

沨 〈渢〉	鲋 〈鰒〉	**gang**
疯 〈瘋〉	驸 〈駙〉	（巜尢）
枫 〈楓〉	鲋 〈鮒〉	冈 〈岡〉
砜 〈碸〉	负 〈負〉	刚 〈剛〉
冯 〈馮〉	妇 〈婦〉	纲 〈綱〉
缝 〈縫〉		钢 〈鋼〉
讽 〈諷〉	**G**	扨 〈摃〉
凤 〈鳳〉	**ga**	岗 〈崗〉
赗 〈賵〉	（巜丫）	
	钆 〈釓〉	**gao**
fu		（巜幺）
（匚ㄨ）	**gai**	镐 〈鎬〉
麸 〈麩〉	（巜历）	缟 〈縞〉
肤 〈膚〉	该 〈該〉	诰 〈誥〉
辐 〈輻〉	赅 〈賅〉	锆 〈鋯〉
绂 〈紱〉	盖 〈蓋〉	
凫 〈鳧〉	钙 〈鈣〉	**ge**
绋 〈紼〉		（巜さ）
辅 〈輔〉	**gan**	鸽 〈鴿〉
抚 〈撫〉	（巜弓）	搁 〈擱〉
赋 〈賦〉	干 〈乾〉	镉 〈鎘〉
赙 〈賻〉	〈幹〉	颌 〈頜〉
缚 〈縛〉	尴 〈尷〉	阁 〈閣〉
讣 〈訃〉	赶 〈趕〉	个 〈個〉
复 〈復〉	赣 〈贛〉	铬 〈鉻〉
〈複〉	绀 〈紺〉	

gei
(《ㄟ)
给 〈給〉

geng
(《ㄥ)
赓 〈賡〉
鹒 〈鶊〉
鲠 〈鯁〉
绠 〈綆〉

gong
(《ㄨㄥ)
龚 〈龔〉
巩 〈鞏〉
贡 〈貢〉
唝 〈嗊〉

gou
(《ㄡ)
缑 〈緱〉
沟 〈溝〉
钩 〈鈎〉
觏 〈覯〉
诟 〈詬〉
构 〈構〉

购 〈購〉

gu
(《ㄨ)
鸪 〈鴣〉
诂 〈詁〉
钴 〈鈷〉
贾 〈賈〉
蛊 〈蠱〉
毂 〈轂〉
馉 〈餶〉
鹘 〈鶻〉
谷 〈穀〉
鹄 〈鵠〉
顾 〈顧〉
雇 〈僱〉
锢 〈錮〉

gua
(《ㄨㄚ)
刮 〈颳〉
鸹 〈鴰〉
剐 〈剮〉
挂 〈掛〉
诖 〈詿〉

guan
(《ㄨㄢ)
关 〈關〉
纶 〈綸〉
鳏 〈鰥〉
观 〈觀〉
馆 〈館〉
鹳 〈鸛〉
贯 〈貫〉
惯 〈慣〉
掼 〈摜〉

guang
(《ㄨㄤ)
广 〈廣〉
犷 〈獷〉

gui
(《ㄨㄟ)
妫 〈嬀〉
规 〈規〉
鲑 〈鮭〉
闺 〈閨〉
归 〈歸〉
龟 〈龜〉

轨 〈軌〉
匦 〈匭〉
诡 〈詭〉
鳜 〈鱖〉
柜 〈櫃〉
贵 〈貴〉
刿 〈劌〉
桧 〈檜〉
刽 〈劊〉

gun
(ㄍㄨㄣ)

辊 〈輥〉
绲 〈緄〉
鲧 〈鯀〉

guo
(ㄍㄨㄛ)

涡 〈渦〉
埚 〈堝〉
锅 〈鍋〉
蝈 〈蟈〉
国 〈國〉
掴 〈摑〉
帼 〈幗〉
腘 〈膕〉

馃 〈餜〉
过 〈過〉

H

ha
(ㄏㄚ)

铪 〈鉿〉

hai
(ㄏㄞ)

还 〈還〉
骇 〈駭〉

han
(ㄏㄢ)

顸 〈頇〉
韩 〈韓〉
阚 〈闞〉
汉 〈漢〉
颔 〈頷〉

hang
(ㄏㄤ)

绗 〈絎〉
颃 〈頏〉

hao
(ㄏㄠ)

颢 〈顥〉
灏 〈灝〉
号 〈號〉

he
(ㄏㄜ)

诃 〈訶〉
阁 〈閤〉
阖 〈闔〉
鹖 〈鶡〉
颌 〈頜〉
饸 〈餄〉
合 〈閤〉
纥 〈紇〉
鹤 〈鶴〉
贺 〈賀〉
吓 〈嚇〉

heng
(ㄏㄥ)

鸻 〈鴴〉

hong
（厂ㄨㄥ）
轰 〈轟〉
哄 〈閧〉
　 〈哄〉
黉 〈黌〉
鸿 〈鴻〉
红 〈紅〉
荭 〈葒〉
讧 〈訌〉

hou
（厂ㄡ）
后 〈後〉
鲎 〈鱟〉

hu
（厂ㄨ）
轷 〈軤〉
壶 〈壺〉
胡 〈鬍〉
鹄 〈鵠〉
鹕 〈鶘〉
鹘 〈鶻〉
浒 〈滸〉
沪 〈滬〉

护 〈護〉

hua
（厂ㄨㄚ）
华 〈華〉
骅 〈驊〉
哗 〈嘩〉
铧 〈鏵〉
画 〈畫〉
婳 〈嫿〉
划 〈劃〉
桦 〈樺〉
话 〈話〉

huai
（厂ㄨㄞ）
怀 〈懷〉
坏 〈壞〉

huan
（厂ㄨㄢ）
欢 〈歡〉
还 〈還〉
环 〈環〉
缳 〈繯〉
镮 〈鐶〉
锾 〈鍰〉

缓 〈緩〉
鲩 〈鯇〉

huang
（厂ㄨㄤ）
鳇 〈鰉〉
谎 〈謊〉

hui
（厂ㄨㄟ）
挥 〈揮〉
辉 〈輝〉
翚 〈翬〉
诙 〈詼〉
回 〈迴〉
汇 〈匯〉
　 〈滙〉
　 〈彙〉
贿 〈賄〉
秽 〈穢〉
会 〈會〉
烩 〈燴〉
荟 〈薈〉
绘 〈繪〉
诲 〈誨〉
讳 〈諱〉

hun
（Гㄨㄣ）

荤 〈葷〉
阍 〈闇〉
浑 〈渾〉
珲 〈琿〉
馄 〈餛〉
诨 〈諢〉

huo
（Гㄨㄛ）

钬 〈欽〉
伙 〈夥〉
镬 〈鑊〉
获 〈獲〉
　 〈穫〉
祸 〈禍〉
货 〈貨〉

J
ji
（Ц一）

齑 〈齏〉
跻 〈躋〉
赍 〈賫〉
缉 〈緝〉

积 〈積〉
羁 〈羈〉
机 〈機〉
饥 〈饑〉
　 〈飢〉
讥 〈譏〉
玑 〈璣〉
矶 〈磯〉
叽 〈嘰〉
鸡 〈鷄〉
鹡 〈鶺〉
辑 〈輯〉
击 〈擊〉
极 〈極〉
级 〈級〉
挤 〈擠〉
给 〈給〉
几 〈幾〉
虮 〈蟣〉
济 〈濟〉
霁 〈霽〉
荠 〈薺〉
剂 〈劑〉
鲚 〈鱭〉
际 〈際〉
绩 〈績〉

计 〈計〉
系 〈繫〉
骥 〈驥〉
觊 〈覬〉
蓟 〈薊〉
鲫 〈鯽〉
记 〈記〉
纪 〈紀〉
继 〈繼〉
迹 〈跡〉

jia
（Ц一丫）

家 〈傢〉
镓 〈鎵〉
夹 〈夾〉
浃 〈浹〉
颊 〈頰〉
荚 〈莢〉
蛱 〈蛺〉
铗 〈鋏〉
郏 〈郟〉
贾 〈賈〉
槚 〈檟〉
钾 〈鉀〉
价 〈價〉

驾　〈駕〉

jian
（丩一马）

鹣　〈鶼〉
鳒　〈鰜〉
缣　〈縑〉
戋　〈戔〉
笺　〈箋〉
坚　〈堅〉
鲣　〈鰹〉
缄　〈緘〉
监　〈監〉
歼　〈殲〉
艰　〈艱〉
间　〈間〉
谫　〈譾〉
碱　〈鹼〉
拣　〈揀〉
笕　〈筧〉
茧　〈繭〉
检　〈檢〉
捡　〈撿〉
睑　〈瞼〉
俭　〈儉〉
简　〈簡〉
谏　〈諫〉

渐　〈漸〉
槛　〈檻〉
贱　〈賤〉
溅　〈濺〉
践　〈踐〉
饯　〈餞〉
荐　〈薦〉
鉴　〈鑒〉
见　〈見〉
舰　〈艦〉
剑　〈劍〉
键　〈鍵〉
涧　〈澗〉

jiang
（丩一尢）

姜　〈薑〉
将　〈將〉
浆　〈漿〉
缰　〈繮〉
讲　〈講〉
桨　〈槳〉
奖　〈獎〉
蒋　〈蔣〉
酱　〈醬〉
绛　〈絳〉

jiao
（丩一幺）

胶　〈膠〉
鲛　〈鮫〉
鸡　〈鷂〉
浇　〈澆〉
骄　〈驕〉
娇　〈嬌〉
鹪　〈鷦〉
饺　〈餃〉
铰　〈鉸〉
绞　〈絞〉
侥　〈僥〉
矫　〈矯〉
搅　〈攪〉
缴　〈繳〉
觉　〈覺〉
较　〈較〉
轿　〈轎〉
挢　〈撟〉
峤　〈嶠〉

jie
（丩一世）

阶　〈階〉

秸 〈稭〉
疖 〈癤〉
讦 〈訐〉
杰 〈傑〉
洁 〈潔〉
诘 〈詰〉
撷 〈擷〉
颉 〈頡〉
结 〈結〉
鲒 〈鮚〉
节 〈節〉
借 〈藉〉
诫 〈誡〉

jin
（ㄐ一ㄣ）

谨 〈謹〉
馑 〈饉〉
觐 〈覲〉
紧 〈緊〉
锦 〈錦〉
仅 〈僅〉
劲 〈勁〉
进 〈進〉
缙 〈縉〉
尽 〈盡〉

〈儘〉

ju
（ㄐㄩ）

车 〈車〉
驹 〈駒〉
锔 〈鋦〉
举 〈舉〉
龃 〈齟〉
榉 〈櫸〉
巨 〈鉅〉
惧 〈懼〉
飓 〈颶〉
窭 〈窶〉
屦 〈屨〉
据 〈據〉
剧 〈劇〉
锯 〈鋸〉

juan
（ㄐㄩㄢ）

鹃 〈鵑〉
镌 〈鐫〉
卷 〈捲〉
绢 〈絹〉

jue
（ㄐㄩㄝ）

觉 〈覺〉
镢 〈鐝〉
镬 〈钁〉
谲 〈譎〉
诀 〈訣〉
绝 〈絕〉

jun
（ㄐㄩㄣ）

军 〈軍〉
鞍 〈鞍〉
钧 〈鈞〉
骏 〈駿〉

K

kai
（ㄎㄞ）

开 〈開〉
恺 〈愷〉
垲 〈塏〉
剀 〈剴〉
铠 〈鎧〉
凯 〈凱〉
阊 〈闓〉

锴 〈鍇〉
忾 〈愾〉

kan
(ㄎㄢ)
龛 〈龕〉
槛 〈檻〉

kang
(ㄎㄤ)
钪 〈鈧〉

kao
(ㄎㄠ)
铐 〈銬〉

ke
(ㄎㄜ)
颏 〈頦〉
轲 〈軻〉
钶 〈鈳〉
颗 〈顆〉
壳 〈殼〉
缂 〈緙〉
克 〈剋〉
课 〈課〉

骒 〈騍〉
锞 〈錁〉

ken
(ㄎㄣ)
恳 〈懇〉
垦 〈墾〉

keng
(ㄎㄥ)
铿 〈鏗〉

kou
(ㄎㄡ)
抠 〈摳〉
眍 〈瞘〉

ku
(ㄎㄨ)
库 〈庫〉
裤 〈褲〉
绔 〈絝〉
喾 〈嚳〉

kua
(ㄎㄨㄚ)
夸 〈誇〉

kuai
(ㄎㄨㄞ)
会 〈會〉
浍 〈澮〉
哙 〈噲〉
郐 〈鄶〉
侩 〈儈〉
脍 〈膾〉
狯 〈獪〉
块 〈塊〉

kuan
(ㄎㄨㄢ)
宽 〈寬〉
髋 〈髖〉

kuang
(ㄎㄨㄤ)
诓 〈誆〉
诳 〈誑〉
矿 〈礦〉
圹 〈壙〉

旷　〈曠〉
纩　〈纊〉
邝　〈鄺〉
贶　〈貺〉

kui
（丂ㄨㄟ）

窥　〈窺〉
亏　〈虧〉
岿　〈巋〉
禇　〈禩〉
溃　〈潰〉
愦　〈憒〉
聩　〈聵〉
匮　〈匱〉
蒉　〈蕢〉
馈　〈饋〉
篑　〈簣〉

kun
（丂ㄨㄣ）

昆　〈崑〉
鲲　〈鯤〉
锟　〈錕〉
壸　〈壼〉
捆　〈綑〉

困　〈睏〉

kuo
（丂ㄨㄛ）

阔　〈闊〉
扩　〈擴〉

L

la
（ㄌㄚ）

蜡　〈蠟〉
腊　〈臘〉
镴　〈鑞〉

lai
（ㄌㄞ）

来　〈來〉
涞　〈淶〉
莱　〈萊〉
崃　〈崍〉
铼　〈錸〉
徕　〈徠〉
赖　〈賴〉
濑　〈瀨〉
癞　〈癩〉
籁　〈籟〉

睐　〈睞〉

lan
（ㄌㄢ）

兰　〈蘭〉
栏　〈欄〉
拦　〈攔〉
阑　〈闌〉
澜　〈瀾〉
谰　〈讕〉
斓　〈斕〉
镧　〈鑭〉
襕　〈襴〉
蓝　〈藍〉
篮　〈籃〉
岚　〈嵐〉
懒　〈懶〉
览　〈覽〉
榄　〈欖〉
揽　〈攬〉
缆　〈纜〉
烂　〈爛〉
滥　〈濫〉

lang
（ㄌㄤ）

锒　〈鋃〉

阆　〈閬〉

lao

（ㄌㄠ）

捞　〈撈〉
劳　〈勞〉
崂　〈嶗〉
痨　〈癆〉
铹　〈鐒〉
铑　〈銠〉
涝　〈澇〉
唠　〈嘮〉
耢　〈耮〉

le

（ㄌㄜ）

鳓　〈鰳〉
乐　〈樂〉
饹　〈餎〉

lei

（ㄌㄟ）

镭　〈鐳〉
累　〈纍〉
缧　〈縲〉
诔　〈誄〉

垒　〈壘〉
泪　〈淚〉
类　〈類〉

li

（ㄌㄧ）

厘　〈釐〉
离　〈離〉
漓　〈灕〉
篱　〈籬〉
缡　〈縭〉
骊　〈驪〉
鹂　〈鸝〉
鲡　〈鱺〉
礼　〈禮〉
逦　〈邐〉
里　〈裏〉
锂　〈鋰〉
鲤　〈鯉〉
鳢　〈鱧〉
丽　〈麗〉
俪　〈儷〉
郦　〈酈〉
厉　〈厲〉
励　〈勵〉
砺　〈礪〉

历　〈歷〉
　　〈曆〉
沥　〈瀝〉
坜　〈壢〉
雳　〈靂〉
枥　〈櫪〉
苈　〈藶〉
呖　〈嚦〉
疬　〈癧〉
疠　〈癘〉
栎　〈櫟〉
砾　〈礫〉
蛎　〈蠣〉
栌　〈櫟〉
轹　〈轢〉
隶　〈隸〉

lia

（ㄌㄧㄚ）

俩　〈倆〉

lian

（ㄌㄧㄢ）

帘　〈簾〉
镰　〈鐮〉
联　〈聯〉

连　〈連〉
涟　〈漣〉
莲　〈蓮〉
鲢　〈鰱〉
琏　〈璉〉
奁　〈奩〉
怜　〈憐〉
敛　〈斂〉
蔹　〈蘞〉
脸　〈臉〉
恋　〈戀〉
链　〈鏈〉
炼　〈煉〉
练　〈練〉
潋　〈瀲〉
殓　〈殮〉
裣　〈襝〉
裢　〈褳〉

liang
(ㄌ一ㄤ)
粮　〈糧〉
两　〈兩〉
俩　〈倆〉
魉　〈魎〉
谅　〈諒〉

辆　〈輛〉

liao
(ㄌ一ㄠ)
鹩　〈鷯〉
缭　〈繚〉
疗　〈療〉
辽　〈遼〉
了　〈瞭〉
钉　〈釕〉
镣　〈鐐〉

lie
(ㄌ一ㄝ)
猎　〈獵〉

lin
(ㄌ一ㄣ)
辚　〈轔〉
鳞　〈鱗〉
临　〈臨〉
邻　〈鄰〉
蔺　〈藺〉
躏　〈躪〉
赁　〈賃〉

ling
(ㄌ一ㄥ)
鲮　〈鯪〉
绫　〈綾〉
龄　〈齡〉
铃　〈鈴〉
鸰　〈鴒〉
灵　〈靈〉
棂　〈欞〉
领　〈領〉
岭　〈嶺〉

liu
(ㄌ一ㄡ)
飗　〈飀〉
刘　〈劉〉
浏　〈瀏〉
骝　〈騮〉
镏　〈鎦〉
绺　〈綹〉
馏　〈餾〉
鹨　〈鷚〉
陆　〈陸〉

long
（ㄌㄨㄥ）

龙　〈龍〉
泷　〈瀧〉
珑　〈瓏〉
聋　〈聾〉
栊　〈櫳〉
砻　〈礱〉
笼　〈籠〉
茏　〈蘢〉
咙　〈嚨〉
昽　〈曨〉
胧　〈朧〉
垄　〈壟〉
拢　〈攏〉
陇　〈隴〉

lou
（ㄌㄡ）

娄　〈婁〉
偻　〈僂〉
喽　〈嘍〉
楼　〈樓〉
溇　〈漊〉
蒌　〈蔞〉
髅　〈髏〉

蝼　〈螻〉
耧　〈耬〉
搂　〈摟〉
嵝　〈嶁〉
篓　〈簍〉
镂　〈鏤〉

lu
（ㄌㄨ）

噜　〈嚕〉
庐　〈廬〉
炉　〈爐〉
芦　〈蘆〉
卢　〈盧〉
泸　〈瀘〉
垆　〈壚〉
栌　〈櫨〉
颅　〈顱〉
鸬　〈鸕〉
胪　〈臚〉
鲈　〈鱸〉
舻　〈艫〉
卤　〈鹵〉
　　〈滷〉
虏　〈虜〉
掳　〈擄〉

鲁　〈魯〉
橹　〈櫓〉
镥　〈鑥〉
辘　〈轆〉
轳　〈轤〉
赂　〈賂〉
鹭　〈鷺〉
陆　〈陸〉
录　〈錄〉
箓　〈籙〉
绿　〈綠〉
轳　〈轤〉
氇　〈氌〉

lü
（ㄌㄩ）

驴　〈驢〉
闾　〈閭〉
榈　〈櫚〉
屡　〈屢〉
偻　〈僂〉
褛　〈褸〉
缕　〈縷〉
铝　〈鋁〉
虑　〈慮〉
滤　〈濾〉

绿　〈綠〉

luan
（ㄌㄨㄢ）
娈　〈孌〉
栾　〈欒〉
滦　〈灤〉
峦　〈巒〉
脔　〈臠〉
銮　〈鑾〉
挛　〈攣〉
鸾　〈鸞〉
孪　〈孿〉
乱　〈亂〉

lun
（ㄌㄨㄣ）
抡　〈掄〉
仑　〈侖〉
沦　〈淪〉
轮　〈輪〉
囵　〈圇〉
纶　〈綸〉
伦　〈倫〉
论　〈論〉

luo
（ㄌㄨㄛ）
骡　〈騾〉
胴　〈腡〉
罗　〈羅〉
啰　〈囉〉
逻　〈邏〉
萝　〈蘿〉
锣　〈鑼〉
箩　〈籮〉
椤　〈欏〉
猡　〈玀〉
荦　〈犖〉
泺　〈濼〉
骆　〈駱〉
络　〈絡〉

M

m
（ㄇ）
呒　〈嘸〉

ma
（ㄇㄚ）
妈　〈媽〉
唛　〈嘜〉

麻　〈蔴〉
马　〈馬〉
蚂　〈螞〉
玛　〈瑪〉
码　〈碼〉
骂　〈罵〉
吗　〈嗎〉
犸　〈獁〉

mai
（ㄇㄞ）
买　〈買〉
荚　〈蕒〉
麦　〈麥〉
卖　〈賣〉
迈　〈邁〉
脉　〈脈〉

man
（ㄇㄢ）
颟　〈顢〉
馒　〈饅〉
鳗　〈鰻〉
蛮　〈蠻〉
瞒　〈瞞〉
满　〈滿〉

螨 〈蟎〉	**men**	谧 〈謐〉
谩 〈謾〉	(ㄇㄣ)	觅 〈覓〉
缦 〈縵〉	门 〈門〉	
镘 〈鏝〉	扪 〈捫〉	**mian**
	钔 〈鍆〉	(ㄇㄧㄢ)
mang	懑 〈懣〉	绵 〈綿〉
(ㄇㄤ)	闷 〈悶〉	渑 〈澠〉
铓 〈鋩〉	焖 〈燜〉	缅 〈緬〉
	们 〈們〉	面 〈麵〉
mao		
(ㄇㄠ)	**meng**	**miao**
猫 〈貓〉	(ㄇㄥ)	(ㄇㄧㄠ)
锚 〈錨〉	蒙 〈矇〉	鹋 〈鶓〉
铆 〈鉚〉	〈濛〉	缈 〈緲〉
贸 〈貿〉	〈懞〉	缪 〈繆〉
	锰 〈錳〉	庙 〈廟〉
me	梦 〈夢〉	
(ㄇㄜ)		**mie**
么 〈麼〉	**mi**	(ㄇㄧㄝ)
	(ㄇㄧ)	灭 〈滅〉
mei	谜 〈謎〉	蔑 〈衊〉
(ㄇㄟ)	祢 〈禰〉	
霉 〈黴〉	弥 〈彌〉	**min**
镅 〈鎇〉	〈瀰〉	(ㄇㄧㄣ)
鹛 〈鶥〉	猕 〈獼〉	缗 〈緡〉
镁 〈鎂〉		闵 〈閔〉

悯 〈憫〉
闽 〈閩〉
黾 〈黽〉

ming
(ㄇㄧㄥ)
鸣 〈鳴〉
铭 〈銘〉

miu
(ㄇㄧㄡ)
谬 〈謬〉
缪 〈繆〉

mo
(ㄇㄛ)
谟 〈謨〉
馍 〈饃〉
蓦 〈驀〉

mou
(ㄇㄡ)
谋 〈謀〉
缪 〈繆〉

mu
(ㄇㄨ)
亩 〈畝〉
钼 〈鉬〉

N

na
(ㄋㄚ)
镎 〈錇〉
钠 〈鈉〉
纳 〈納〉

nan
(ㄋㄢ)
难 〈難〉

nang
(ㄋㄤ)
馕 〈饢〉

nao
(ㄋㄠ)
挠 〈撓〉
蛲 〈蟯〉
铙 〈鐃〉
恼 〈惱〉

脑 〈腦〉
闹 〈鬧〉

ne
(ㄋㄜ)
讷 〈訥〉

nei
(ㄋㄟ)
馁 〈餒〉

ni
(ㄋㄧ)
鲵 〈鯢〉
铌 〈鈮〉
拟 〈擬〉
腻 〈膩〉

nian
(ㄋㄧㄢ)
鲶 〈鯰〉
辇 〈輦〉
撵 〈攆〉

niang
（ㄋㄧㄤ）
酿　〈釀〉

niao
（ㄋㄧㄠ）
鸟　〈鳥〉
茑　〈蔦〉
袅　〈裊〉

nie
（ㄋㄧㄝ）
聂　〈聶〉
颞　〈顳〉
嗫　〈囁〉
蹑　〈躡〉
镊　〈鑷〉
啮　〈嚙〉
镍　〈鎳〉

ning
（ㄋㄧㄥ）
宁　〈寧〉
柠　〈檸〉
咛　〈嚀〉
狞　〈獰〉

聍　〈聹〉
拧　〈擰〉
泞　〈濘〉

niu
（ㄋㄧㄡ）
钮　〈鈕〉
纽　〈紐〉

nong
（ㄋㄨㄥ）
农　〈農〉
浓　〈濃〉
侬　〈儂〉
脓　〈膿〉
哝　〈噥〉

nu
（ㄋㄨ）
驽　〈駑〉

nü
（ㄋㄩ）
钕　〈釹〉

nüe
（ㄋㄩㄝ）
疟　〈瘧〉

nuo
（ㄋㄨㄛ）
傩　〈儺〉
诺　〈諾〉
锘　〈鍩〉

O
ou
（ㄡ）
区　〈區〉
讴　〈謳〉
瓯　〈甌〉
鸥　〈鷗〉
殴　〈毆〉
欧　〈歐〉
呕　〈嘔〉
沤　〈漚〉
怄　〈慪〉

P

pan
(ㄆㄢ)
蹒 〈蹣〉
盘 〈盤〉

pang
(ㄆㄤ)
庞 〈龐〉
鳑 〈鰟〉

pei
(ㄆㄟ)
赔 〈賠〉
辔 〈轡〉
锫 〈錇〉

pen
(ㄆㄣ)
喷 〈噴〉

peng
(ㄆㄥ)
鹏 〈鵬〉

pi
(ㄆ一)
纰 〈紕〉

罴 〈羆〉
铍 〈鈹〉
辟 〈闢〉

pian
(ㄆ一ㄢ)
骈 〈駢〉
谝 〈諞〉
骗 〈騙〉

piao
(ㄆ一ㄠ)
飘 〈飄〉
缥 〈縹〉
骠 〈驃〉

pin
(ㄆ一ㄣ)
嫔 〈嬪〉
频 〈頻〉
颦 〈顰〉
贫 〈貧〉

ping
(ㄆ一ㄥ)
评 〈評〉

苹 〈蘋〉
凭 〈憑〉

po
(ㄆㄛ)
钋 〈釙〉
颇 〈頗〉
泼 〈潑〉
钹 〈鏺〉

pu
(ㄆㄨ)
铺 〈鋪〉
扑 〈撲〉
仆 〈僕〉
镤 〈鏷〉
谱 〈譜〉
镨 〈錯〉
朴 〈樸〉

Q
qi
(ㄑ一)
栖 〈棲〉
缉 〈緝〉

桤 〈榿〉
齐 〈齊〉
蛴 〈蠐〉
脐 〈臍〉
骑 〈騎〉
骐 〈騏〉
鳍 〈鰭〉
颀 〈頎〉
荠 〈薺〉
蕲 〈蘄〉
启 〈啟〉
绮 〈綺〉
岂 〈豈〉
碛 〈磧〉
气 〈氣〉
讫 〈訖〉
弃 〈棄〉

qian
(ㄑㄧㄢ)
骞 〈騫〉
谦 〈謙〉
悭 〈慳〉
牵 〈牽〉
佥 〈僉〉

签 〈簽〉
　 〈籤〉
　 〈韆〉
千迁 〈遷〉
钎 〈釺〉
鹐 〈鵮〉
铅 〈鉛〉
荨 〈蕁〉
钳 〈鉗〉
钱 〈錢〉
钤 〈鈐〉
浅 〈淺〉
谴 〈譴〉
缱 〈繾〉
堑 〈塹〉
椠 〈槧〉
纤 〈縴〉

qiang
(ㄑㄧㄤ)
玱 〈瑲〉
枪 〈槍〉
锵 〈鏘〉
墙 〈牆〉
蔷 〈薔〉

樯 〈檣〉
嫱 〈嬙〉
镪 〈鏹〉
羟 〈羥〉
抢 〈搶〉
炝 〈熗〉
戗 〈戧〉
跄 〈蹌〉
呛 〈嗆〉

qiao
(ㄑㄧㄠ)
硗 〈磽〉
跷 〈蹺〉
锹 〈鍬〉
缲 〈繰〉
翘 〈翹〉
乔 〈喬〉
桥 〈橋〉
硚 〈礄〉
侨 〈僑〉
荞 〈蕎〉
谯 〈譙〉
壳 〈殼〉
窍 〈竅〉
诮 〈誚〉

qie
(く一せ)

锲 〈鍥〉
惬 〈愜〉
箧 〈篋〉
窃 〈竊〉

qin
(く一ㄣ)

亲 〈親〉
钦 〈欽〉
嵚 〈嶔〉
骎 〈駸〉
寝 〈寢〉
锓 〈鋟〉
撳 〈撳〉

qing
(く一ㄥ)

鲭 〈鯖〉
轻 〈輕〉
氢 〈氫〉
倾 〈傾〉

腈 〈腈〉
请 〈請〉
顷 〈頃〉
庼 〈廎〉
庆 〈慶〉

qiong
(く凵ㄥ)

穷 〈窮〉
琼 〈瓊〉
茕 〈煢〉

qiu
(く一ㄡ)

秋 〈鞦〉
鹙 〈鶖〉
鳅 〈鰍〉
巯 〈巰〉

qu
(く凵)

曲 〈麯〉
区 〈區〉

驱 〈驅〉
岖 〈嶇〉
躯 〈軀〉
诎 〈詘〉
趋 〈趨〉
鸲 〈鴝〉
龋 〈齲〉
觑 〈覷〉
阒 〈闃〉

quan
(く凵ㄢ)

权 〈權〉
颧 〈顴〉
铨 〈銓〉
诠 〈詮〉
绻 〈綣〉
劝 〈勸〉

que
(く凵せ)

悫 〈慤〉
鹊 〈鵲〉

阙 〈闕〉
确 〈確〉

R

rang
(ㄖㄤ)

让 〈讓〉

rao
(ㄖㄠ)

桡 〈橈〉
荛 〈蕘〉
饶 〈饒〉
娆 〈嬈〉
扰 〈擾〉
绕 〈繞〉

re
(ㄖㄜ)

热 〈熱〉

ren
(ㄖㄣ)

认 〈認〉
饪 〈飪〉
纴 〈紝〉
轫 〈軔〉
纫 〈紉〉
韧 〈韌〉

rong
(ㄖㄨㄥ)

荣 〈榮〉
蝾 〈蠑〉
嵘 〈嶸〉
绒 〈絨〉

ru
(ㄖㄨ)

铷 〈銣〉
颥 〈顬〉
缛 〈縟〉

ruan
(ㄖㄨㄢ)

软 〈軟〉

rui
(ㄖㄨㄟ)

锐 〈銳〉

run
(ㄖㄨㄣ)

闰 〈閏〉
润 〈潤〉

S

sa
(ㄙㄚ)

洒 〈灑〉
飒 〈颯〉
萨 〈薩〉

sai
(ㄙㄞ)

鳃 〈鰓〉

赛　〈賽〉

san
（ㄙㄢ）
毿　〈毿〉
橵　〈橵〉
伞　〈傘〉

sang
（ㄙㄤ）
丧　〈喪〉
颡　〈顙〉

sao
（ㄙㄠ）
骚　〈騷〉
缫　〈繅〉
扫　〈掃〉

se
（ㄙㄜ）
涩　〈澀〉

啬　〈嗇〉
穑　〈穡〉
铯　〈銫〉

si
（ㄙ）
锶　〈鍶〉
飔　〈颸〉
缌　〈緦〉
丝　〈絲〉
咝　〈噝〉
鸶　〈鷥〉
蛳　〈螄〉
驷　〈駟〉
饲　〈飼〉

song
（ㄙㄨㄥ）
松　〈鬆〉
怂　〈慫〉
耸　〈聳〉
扠　〈攄〉

讼　〈訟〉
颂　〈頌〉
诵　〈誦〉

sou
（ㄙㄡ）
馊　〈餿〉
锼　〈鎪〉
飕　〈颼〉
薮　〈藪〉
擞　〈擻〉

su
（ㄙㄨ）
苏　〈蘇〉
　　〈囌〉
稣　〈穌〉
谡　〈謖〉
诉　〈訴〉
肃　〈肅〉

sui
(ㄙㄨㄟ)

虽　〈雖〉

随　〈隨〉

绥　〈綏〉

岁　〈歲〉

谇　〈誶〉

sun
(ㄙㄨㄣ)

孙　〈孫〉

荪　〈蓀〉

狲　〈猻〉

损　〈損〉

笋　〈筍〉

suo
(ㄙㄨㄛ)

缩　〈縮〉

琐　〈瑣〉

唢　〈嗩〉

锁　〈鎖〉

SH

sha
(ㄕㄚ)

鲨　〈鯊〉

纱　〈紗〉

杀　〈殺〉

铩　〈鎩〉

shai
(ㄕㄞ)

筛　〈篩〉

晒　〈曬〉

酾　〈釃〉

shan
(ㄕㄢ)

钐　〈釤〉

陕　〈陝〉

闪　〈閃〉

鳝　〈鱔〉

缮　〈繕〉

掸　〈撣〉

骗　〈騸〉

鐥　〈鐥〉

禅　〈禪〉

讪　〈訕〉

赡　〈贍〉

shang
(ㄕㄤ)

殇　〈殤〉

觞　〈觴〉

伤　〈傷〉

赏　〈賞〉

shao
(ㄕㄠ)

烧　〈燒〉

绍　〈紹〉

she
（ㄕㄜ）

赊　〈賒〉
舍　〈捨〉
设　〈設〉
滠　〈灄〉
慑　〈懾〉
摄　〈攝〉
厍　〈厙〉

shei
（ㄕㄟ）

谁　〈誰〉

shen
（ㄕㄣ）

绅　〈紳〉
参　〈參〉
糁　〈糝〉
审　〈審〉
谂　〈諗〉
婶　〈嬸〉

沈　〈瀋〉
谂　〈諗〉
肾　〈腎〉
渗　〈滲〉
瘆　〈瘮〉

sheng
（ㄕㄥ）

升　〈陞〉
　　〈昇〉
声　〈聲〉
渑　〈澠〉
绳　〈繩〉
胜　〈勝〉
圣　〈聖〉

shi
（ㄕ）

湿　〈濕〉
诗　〈詩〉
师　〈師〉
狮　〈獅〉

狮　〈獅〉
鸤　〈鳲〉
实　〈實〉
埘　〈塒〉
鲥　〈鰣〉
识　〈識〉
时　〈時〉
蚀　〈蝕〉
驶　〈駛〉
铈　〈鈰〉
视　〈視〉
谥　〈謚〉
试　〈試〉
轼　〈軾〉
势　〈勢〉
莳　〈蒔〉
贳　〈貰〉
释　〈釋〉
饰　〈飾〉
适　〈適〉

shou
（ㄕㄡ）

兽 〈獸〉
寿 〈壽〉
绶 〈綬〉

shu
（ㄕㄨ）

枢 〈樞〉
摅 〈攄〉
输 〈輸〉
纾 〈紓〉
书 〈書〉
赎 〈贖〉
属 〈屬〉
数 〈數〉
树 〈樹〉
术 〈術〉
竖 〈豎〉

shuai
（ㄕㄨㄞ）

帅 〈帥〉

shuan
（ㄕㄨㄢ）

闩 〈閂〉

shuang
（ㄕㄨㄤ）

双 〈雙〉
泷 〈瀧〉

shui
（ㄕㄨㄟ）

谁 〈誰〉

shun
（ㄕㄨㄣ）

顺 〈順〉

shuo
（ㄕㄨㄛ）

说 〈說〉
硕 〈碩〉

烁 〈爍〉
铄 〈鑠〉

T

ta
（ㄊㄚ）

它 〈牠〉
铊 〈鉈〉
鳎 〈鰨〉
獭 〈獺〉
挞 〈撻〉
闼 〈闥〉
达 〈澾〉

tai
（ㄊㄞ）

台 〈臺〉
　 〈檯〉
　 〈颱〉
骀 〈駘〉
态 〈態〉

钛 〈鈦〉

tan
（ㄊㄢ）

滩 〈灘〉
瘫 〈癱〉
摊 〈攤〉
贪 〈貪〉
谈 〈談〉
坛 〈壇〉
　　〈罎〉
谭 〈譚〉
昙 〈曇〉
弹 〈彈〉
钽 〈鉭〉
叹 〈嘆〉

tang
（ㄊㄤ）

镗 〈鏜〉
汤 〈湯〉

傥 〈儻〉
镗 〈钂〉
烫 〈燙〉

tao
（ㄊㄠ）

涛 〈濤〉
韬 〈韜〉
焘 〈燾〉
讨 〈討〉
绦 〈縧〉

te
（ㄊㄜ）

铽 〈鋱〉

teng
（ㄊㄥ）

誊 〈謄〉
腾 〈騰〉
䲢 〈鰧〉

觊 〈儳〉
镤 〈钂〉
烫 〈燙〉

ti
（ㄊㄧ）

锑 〈銻〉
鹈 〈鷉〉
鹈 〈鵜〉
绨 〈綈〉
缇 〈緹〉
题 〈題〉
体 〈體〉

tian
（ㄊㄧㄢ）

阗 〈闐〉

tiao
（ㄊㄧㄠ）

条 〈條〉
鲦 〈鰷〉
龆 〈齠〉
调 〈調〉
粜 〈糶〉

tie
(ㄊㄧㄝ)
贴 〈貼〉
铁 〈鐵〉

ting
(ㄊㄧㄥ)
厅 〈廳〉
烃 〈烴〉
听 〈聽〉
颋 〈頲〉
铤 〈鋌〉

tong
(ㄊㄨㄥ)
铜 〈銅〉
鲖 〈鮦〉
统 〈統〉
恸 〈慟〉

tou
(ㄊㄡ)
头 〈頭〉
钭 〈鈄〉

tu
(ㄊㄨ)
图 〈圖〉
涂 〈塗〉
钍 〈釷〉

tuan
(ㄊㄨㄢ)
抟 〈摶〉
团 〈團〉
〈糰〉

tui
(ㄊㄨㄟ)
颓 〈頹〉

tun
(ㄊㄨㄣ)
饨 〈飩〉

tuo
(ㄊㄨㄛ)
饦 〈飥〉
驼 〈駝〉
鸵 〈鴕〉
驮 〈馱〉
鼍 〈鼉〉
椭 〈橢〉
萚 〈蘀〉
箨 〈籜〉

W

wa
(ㄨㄚ)
娲 〈媧〉
洼 〈窪〉
袜 〈襪〉

wai
(ㄨㄞ)
㖞 〈喎〉

wan
（ㄨㄢ）

弯 〈彎〉
湾 〈灣〉
纨 〈紈〉
顽 〈頑〉
绾 〈綰〉
万 〈萬〉

wang
（ㄨㄤ）

网 〈網〉
辋 〈輞〉

wei
（ㄨㄟ）

为 〈為〉
沩 〈潙〉
维 〈維〉
潍 〈濰〉
韦 〈韋〉

违 〈違〉
围 〈圍〉
帏 〈幃〉
闱 〈闈〉
伪 〈偽〉
鲔 〈鮪〉
诿 〈諉〉
炜 〈煒〉
玮 〈瑋〉
苇 〈葦〉
韪 〈韙〉
伟 〈偉〉
纬 〈緯〉
硙 〈磑〉
谓 〈謂〉
卫 〈衛〉

wen
（ㄨㄣ）

鳁 〈鰛〉
纹 〈紋〉

闻 〈聞〉
阌 〈閿〉
稳 〈穩〉
问 〈問〉

wo
（ㄨㄛ）

涡 〈渦〉
窝 〈窩〉
莴 〈萵〉
蜗 〈蝸〉
挝 〈撾〉
龌 〈齷〉

wu
（ㄨ）

诬 〈誣〉
乌 〈烏〉
呜 〈嗚〉
钨 〈鎢〉
邬 〈鄔〉

134

无 〈無〉
芜 〈蕪〉
妩 〈嫵〉
怃 〈憮〉
庑 〈廡〉
鹉 〈鵡〉
坞 〈塢〉
务 〈務〉
雾 〈霧〉
鹜 〈鶩〉
骛 〈騖〉
误 〈誤〉

X

xi
(ㄒㄧ)

牺 〈犧〉
锡 〈錫〉
袭 〈襲〉
觋 〈覡〉
席 〈蓆〉

习 〈習〉
鳛 〈鰼〉
玺 〈璽〉
铣 〈銑〉
系 〈係〉
　 〈繫〉
细 〈細〉
阋 〈鬩〉
戏 〈戲〉
饩 〈餼〉
饻 〈餏〉

xia
(ㄒㄧㄚ)

虾 〈蝦〉
辖 〈轄〉
硖 〈硤〉
侠 〈俠〉
狭 〈狹〉
吓 〈嚇〉

xian
(ㄒㄧㄢ)

鲜 〈鮮〉
纤 〈纖〉
跹 〈躚〉
锨 〈鍁〉
莶 〈薟〉
贤 〈賢〉
咸 〈鹹〉
衔 〈銜〉
挦 〈撏〉
闲 〈閑〉
鹇 〈鷳〉
娴 〈嫻〉
痫 〈癇〉
藓 〈蘚〉
蚬 〈蜆〉
显 〈顯〉
险 〈險〉
猃 〈獫〉
铣 〈銑〉

献 〈獻〉　　　项 〈項〉　　　撷 〈擷〉

线 〈綫〉　　　　　　　　　缬 〈纈〉

现 〈現〉　　　**xiao**　　　协 〈協〉

苋 〈莧〉　　　（T-幺）　　挟 〈挾〉

县 〈縣〉　　　骁 〈驍〉　　　胁 〈脅〉

宪 〈憲〉　　　哓 〈嘵〉　　　谐 〈諧〉

馅 〈餡〉　　　销 〈銷〉　　　写 〈寫〉

　　　　　　　绡 〈綃〉　　　襄 〈襃〉

xiang　　嚣 〈囂〉　　　泻 〈瀉〉

（T-尢）　　枭 〈梟〉　　　缢 〈緤〉

骧 〈驤〉　　　鸮 〈鴞〉　　　谢 〈謝〉

镶 〈鑲〉　　　萧 〈蕭〉

乡 〈鄉〉　　　潇 〈瀟〉　　　**xin**

芗 〈薌〉　　　蟏 〈蠨〉　　　（T-ㄣ）

缃 〈緗〉　　　箫 〈簫〉　　　锌 〈鋅〉

详 〈詳〉　　　晓 〈曉〉　　　欣 〈訢〉

鲞 〈鯗〉　　　啸 〈嘯〉　　　衅 〈釁〉

响 〈響〉

饷 〈餉〉　　　**xie**　　　　**xing**

飨 〈饗〉　　　（T-せ）　　（T-ㄥ）

向 〈嚮〉　　　颉 〈頡〉　　　兴 〈興〉

荣 〈榮〉

铏 〈鉶〉

陉 〈陘〉

饧 〈餳〉

xiong
（ㄒㄩㄥ）

凶 〈兇〉

讻 〈訩〉

胸 〈胷〉

xiu
（ㄒㄧㄡ）

馐 〈饈〉

鸺 〈鵂〉

绣 〈繡〉

　 〈綉〉

锈 〈銹〉

xu
（ㄒㄩ）

须 〈須〉

　 〈鬚〉

谞 〈諝〉

许 〈許〉

诩 〈詡〉

项 〈項〉

续 〈續〉

绪 〈緒〉

xuan
（ㄒㄩㄢ）

轩 〈軒〉

谖 〈諼〉

悬 〈懸〉

选 〈選〉

癣 〈癬〉

旋 〈鏇〉

铉 〈鉉〉

绚 〈絢〉

xue
（ㄒㄩㄝ）

学 〈學〉

峃 〈嶨〉

鳕 〈鱈〉

谑 〈謔〉

xun
（ㄒㄩㄣ）

勋 〈勛〉

埙 〈塤〉

驯 〈馴〉

询 〈詢〉

寻 〈尋〉

浔 〈潯〉

鲟 〈鱘〉

训 〈訓〉

讯 〈訊〉

逊 〈遜〉

Y

ya
（一ㄚ）

压 〈壓〉

鸦 〈鴉〉
鸭 〈鴨〉
铔 〈錏〉
哑 〈啞〉
氩 〈氬〉
亚 〈亞〉
垭 〈埡〉
挜 〈掗〉
娅 〈婭〉
讶 〈訝〉
轧 〈軋〉

yan
(一弓)

阎 〈閻〉
阉 〈閹〉
恹 〈懨〉
岩 〈巖〉
颜 〈顔〉
盐 〈鹽〉
严 〈嚴〉

阎 〈閻〉
厣 〈厴〉
俨 〈儼〉
谚 〈諺〉
厌 〈厭〉
餍 〈饜〉
艳 〈艷〉
滟 〈灧〉
谳 〈讞〉
砚 〈硯〉
酽 〈釅〉
验 〈驗〉

yang
(一尢)

鸯 〈鴦〉
疡 〈瘍〉
炀 〈煬〉
杨 〈楊〉
扬 〈揚〉
旸 〈暘〉

钖 〈鍚〉
阳 〈陽〉
痒 〈癢〉
养 〈養〉
样 〈樣〉

yao
(一幺)

尧 〈堯〉
峣 〈嶢〉
谣 〈謠〉
铫 〈銚〉
轺 〈軺〉
疟 〈瘧〉
鹞 〈鷂〉
钥 〈鑰〉
药 〈藥〉
约 〈約〉

ye
(一世)

爷 〈爺〉

138

魘 〈魘〉	蚁 〈蟻〉	镱 〈鐿〉
页 〈頁〉	钇 〈釔〉	
烨 〈燁〉	瘗 〈瘞〉	**yin**
晔 〈曄〉	谊 〈誼〉	(一ㄣ)
业 〈業〉	镒 〈鎰〉	铟 〈銦〉
邺 〈鄴〉	缢 〈縊〉	阴 〈陰〉
叶 〈葉〉	勚 〈勩〉	荫 〈蔭〉
谒 〈謁〉	怿 〈懌〉	龈 〈齦〉
	译 〈譯〉	银 〈銀〉
yi	驿 〈驛〉	饮 〈飲〉
(一)	峄 〈嶧〉	隐 〈隱〉
铱 〈銥〉	绎 〈繹〉	瘾 〈癮〉
医 〈醫〉	义 〈義〉	鲫 〈鯽〉
鹥 〈鷖〉	议 〈議〉	
祎 〈禕〉	轶 〈軼〉	**ying**
颐 〈頤〉	艺 〈藝〉	(一ㄥ)
遗 〈遺〉	呓 〈囈〉	应 〈應〉
仪 〈儀〉	亿 〈億〉	鹰 〈鷹〉
诒 〈詒〉	忆 〈憶〉	莺 〈鶯〉
贻 〈貽〉	异 〈異〉	罂 〈罌〉
饴 〈飴〉	诣 〈詣〉	婴 〈嬰〉

璎	〈瓔〉
樱	〈櫻〉
撄	〈攖〉
嘤	〈嚶〉
鹦	〈鸚〉
缨	〈纓〉
荧	〈熒〉
莹	〈瑩〉
茔	〈塋〉
萤	〈螢〉
萦	〈縈〉
营	〈營〉
赢	〈贏〉
蝇	〈蠅〉
瘿	〈癭〉
颖	〈穎〉
颍	〈潁〉

you
（一又）

忧	〈憂〉

优	〈優〉
鱿	〈魷〉
犹	〈猶〉
莸	〈蕕〉
铀	〈鈾〉
邮	〈郵〉
铕	〈銪〉
诱	〈誘〉

yong
（山乙）

痈	〈癰〉
拥	〈擁〉
佣	〈傭〉
镛	〈鏞〉
鳙	〈鱅〉
颙	〈顒〉
涌	〈湧〉
踊	〈踴〉

yu
（山）

纡	〈紆〉
舆	〈輿〉
欤	〈歟〉
余	〈餘〉
觎	〈覦〉
谀	〈諛〉
鱼	〈魚〉
渔	〈漁〉
与	〈與〉
语	〈語〉
龉	〈齬〉
伛	〈傴〉
屿	〈嶼〉
誉	〈譽〉
钰	〈鈺〉
吁	〈籲〉
御	〈禦〉
驭	〈馭〉
阈	〈閾〉

妪 〈嫗〉

郁 〈鬱〉

谕 〈諭〉

鹆 〈鵒〉

饫 〈飫〉

狱 〈獄〉

预 〈預〉

滪 〈澦〉

蓣 〈蕷〉

鹬 〈鷸〉

yuan
（ㄩㄢ）

渊 〈淵〉

鸢 〈鳶〉

鸳 〈鴛〉

鼋 〈黿〉

园 〈園〉

辕 〈轅〉

员 〈員〉

圆 〈圓〉

缘 〈緣〉

橼 〈櫞〉

远 〈遠〉

愿 〈願〉

yue
（ㄩㄝ）

约 〈約〉

岳 〈嶽〉

哕 〈噦〉

阅 〈閱〉

钺 〈鉞〉

跃 〈躍〉

乐 〈樂〉

钥 〈鑰〉

yun
（ㄩㄣ）

云 〈雲〉

芸 〈蕓〉

纭 〈紜〉

涢 〈溳〉

郧 〈鄖〉

殒 〈殞〉

陨 〈隕〉

恽 〈惲〉

晕 〈暈〉

郓 〈鄆〉

运 〈運〉

酝 〈醞〉

韫 〈韞〉

缊 〈縕〉

蕴 〈蘊〉

韵 〈韻〉

Z

za
（ㄗㄚ）

臜 〈臢〉

杂 〈雜〉

zai
（ㄗㄞ）

灾　〈災〉
载　〈載〉

zan
（ㄗㄢ）

趱　〈趲〉
攒　〈攢〉
錾　〈鏨〉
暂　〈暫〉
赞　〈贊〉
瓒　〈瓚〉

zang
（ㄗㄤ）

赃　〈臟〉
脏　〈臟〉
　　〈髒〉
驵　〈駔〉

zao
（ㄗㄠ）

凿　〈鑿〉
枣　〈棗〉
灶　〈竈〉

ze
（ㄗㄜ）

责　〈責〉
赜　〈賾〉
啧　〈嘖〉
帻　〈幘〉
箦　〈簀〉
则　〈則〉
泽　〈澤〉
择　〈擇〉

zei
（ㄗㄟ）

贼　〈賊〉
鲗　〈鯽〉

zen
（ㄗㄣ）

谮　〈譖〉

zeng
（ㄗㄥ）

缯　〈繒〉
赠　〈贈〉
锃　〈鋥〉

zi
（ㄗ）

谘　〈諮〉
资　〈資〉
镃　〈鎡〉
龇　〈齜〉
辎　〈輜〉
锱　〈錙〉
缁　〈緇〉
鲻　〈鯔〉
渍　〈漬〉

zong

（ㄗㄨㄥ）

综　〈綜〉

枞　〈樅〉

总　〈總〉

纵　〈縱〉

zou

（ㄗㄡ）

诹　〈諏〉

鲰　〈鯫〉

驺　〈騶〉

邹　〈鄒〉

zu

（ㄗㄨ）

镞　〈鏃〉

诅　〈詛〉

组　〈組〉

zuan

（ㄗㄨㄢ）

钻　〈鑽〉

蹒　〈躦〉

缵　〈纘〉

赚　〈賺〉

zun

（ㄗㄨㄣ）

鳟　〈鱒〉

zuo

（ㄗㄨㄛ）

凿　〈鑿〉

ZH

zha

（ㄓㄚ）

扎　〈紮〉

　　〈紥〉

札　〈剳〉

　　〈劄〉

铡　〈鍘〉

闸　〈閘〉

轧　〈軋〉

鲝　〈鮺〉

鲊　〈鮓〉

诈　〈詐〉

zhai

（ㄓㄞ）

斋　〈齋〉

债　〈債〉

zhan

（ㄓㄢ）

鹯　〈鸇〉

鳣　〈鱣〉

毡　〈氈〉

谵　〈譫〉

斩　〈斬〉

崭　〈嶄〉

盏　〈盞〉

辗　〈輾〉

绽　〈綻〉

颤 〈顫〉
栈 〈棧〉
占 〈佔〉
战 〈戰〉

zhang
(ㄓㄤ)

张 〈張〉
长 〈長〉
涨 〈漲〉
帐 〈帳〉
账 〈賬〉
胀 〈脹〉

zhao
(ㄓㄠ)

钊 〈釗〉
赵 〈趙〉
诏 〈詔〉

zhe
(ㄓㄜ)

谪 〈謫〉

辙 〈轍〉
蛰 〈蟄〉
辄 〈輒〉
謺 〈讋〉
折 〈摺〉
锗 〈鍺〉
这 〈這〉
鹧 〈鷓〉

zhen
(ㄓㄣ)

针 〈針〉
贞 〈貞〉
浈 〈湞〉
祯 〈禎〉
桢 〈楨〉
侦 〈偵〉
缜 〈縝〉
诊 〈診〉
轸 〈軫〉
鸩 〈鴆〉

赈 〈賑〉
镇 〈鎮〉
纼 〈紖〉
阵 〈陣〉

zheng
(ㄓㄥ)

钲 〈鉦〉
征 〈徵〉
铮 〈錚〉
症 〈癥〉
郑 〈鄭〉
证 〈證〉
帧 〈幀〉
阐 〈闡〉
净 〈淨〉

zhi
(ㄓ)

只 〈隻〉
　 〈祇〉

	〈祇〉	**zhong**		倜	〈倜〉
织	〈織〉	（业ㄨㄥ）		昼	〈晝〉
职	〈職〉	终	〈終〉		
蹰	〈躕〉	钟	〈鐘〉	**zhu**	
执	〈執〉		〈鍾〉	（业ㄨ）	
絷	〈縶〉	种	〈種〉	诸	〈諸〉
纸	〈紙〉	肿	〈腫〉	槠	〈櫧〉
挚	〈摯〉	众	〈眾〉	朱	〈硃〉
贽	〈贄〉			诛	〈誅〉
鸷	〈鷙〉	**zhou**		铢	〈銖〉
掷	〈擲〉	（业ㄨ）		筑	〈築〉
滞	〈滯〉	诌	〈謅〉	烛	〈燭〉
栉	〈櫛〉	周	〈週〉	嘱	〈囑〉
轾	〈輊〉	䐡	〈賙〉	瞩	〈矚〉
致	〈緻〉	轴	〈軸〉	贮	〈貯〉
帜	〈幟〉	纣	〈紂〉	注	〈註〉
制	〈製〉	荮	〈葤〉	驻	〈駐〉
质	〈質〉	骤	〈驟〉	铸	〈鑄〉
踬	〈躓〉	皱	〈皺〉		
锧	〈鑕〉	绉	〈縐〉	**zhua**	
骘	〈騭〉	㤘	〈㥶〉	（业ㄨㄚ）	
				挝	〈撾〉

zhuan

(ㄓㄨㄢ)

专 〈專〉

砖 〈磚〉

颛 〈顓〉

转 〈轉〉

啭 〈囀〉

赚 〈賺〉

传 〈傳〉

馔 〈饌〉

zhuang

(ㄓㄨㄤ)

妆 〈妝〉

装 〈裝〉

庄 〈莊〉

桩 〈樁〉

戆 〈戇〉

壮 〈壯〉

状 〈狀〉

zhui

(ㄓㄨㄟ)

骓 〈騅〉

锥 〈錐〉

赘 〈贅〉

缒 〈縋〉

缀 〈綴〉

坠 〈墜〉

zhun

(ㄓㄨㄣ)

谆 〈諄〉

准 〈準〉

zhuo

(ㄓㄨㄛ)

浊 〈濁〉

诼 〈諑〉

镯 〈鐲〉

注音符號檢索

注音符號檢索

ㄅ

ㄅㄚ
(ba)

鲅 〈鲅〉
鈀 〈钯〉
壩 〈坝〉
罷 〈罢〉

ㄅㄛ
(bo)

餑 〈饽〉
鉢 〈钵〉
撥 〈拨〉
鵓 〈鹁〉
餺 〈馎〉
鈸 〈钹〉
駁 〈驳〉
鉑 〈铂〉

萡 〈卜〉

ㄅㄞ
(bai)

擺 〈摆〉
襬 〈摆〉
敗 〈败〉

ㄅㄟ
(bei)

憊 〈惫〉
輩 〈辈〉
貝 〈贝〉
鋇 〈钡〉
狽 〈狈〉
備 〈备〉
唄 〈呗〉

ㄅㄠ
(bao)

寶 〈宝〉
飽 〈饱〉
鴇 〈鸨〉
報 〈报〉
鮑 〈鲍〉
鲍 〈鲍〉

ㄅㄢ
(ban)

頒 〈颁〉
闆 〈板〉
絆 〈绊〉
辦 〈办〉

ㄅㄣ
(ben)

錛 〈锛〉

賁 〈贲〉

ㄅ尢
(bang)

幫 〈帮〉

綁 〈绑〉

謗 〈谤〉

鎊 〈镑〉

ㄅㄥ
(beng)

繃 〈绷〉

鏰 〈镚〉

ㄅ一
(bi)

筆 〈笔〉

鉍 〈铋〉

畢 〈毕〉

蹕 〈跸〉

蓽 〈荜〉

筚 〈筚〉

嗶 〈哔〉

滭 〈滗〉

幣 〈币〉

閉 〈闭〉

斃 〈毙〉

貲 〈贲〉

ㄅ一せ
(bie)

鱉 〈鳖〉

癟 〈瘪〉

彆 〈别〉

ㄅ一ㄠ
(biao)

鑣 〈镳〉

標 〈标〉

鰾 〈鳔〉

鏢 〈镖〉

飈 〈飙〉

錶 〈表〉

ㄅ一ㄢ
(bian)

編 〈编〉

邊 〈边〉

籩 〈笾〉

貶 〈贬〉

辯 〈辩〉

辮 〈辫〉

變 〈变〉

鯿 〈鳊〉

ㄅ一ㄣ
(bin)

賓 〈宾〉

濱 〈滨〉

檳 〈槟〉

儐 〈傧〉

繽 〈缤〉

鑌 〈镔〉

瀕 〈濒〉

鬢 〈鬓〉

擯 〈摈〉

殯 〈殡〉

臏 〈膑〉

髕 〈髌〉

ㄅㄧㄥ (bing)

餅 〈饼〉

檳 〈槟〉

ㄅㄨ (bu)

補 〈补〉

佈 〈布〉

鈈 〈钚〉

ㄆ

ㄆㄛ (po)

鈈 〈钋〉

頗 〈颇〉

潑 〈泼〉

鏺 〈钹〉

ㄆㄟ (pei)

賠 〈赔〉

轡 〈辔〉

錇 〈锫〉

ㄆㄢ (pan)

蹣 〈蹒〉

盤 〈盘〉

ㄆㄣ (pen)

噴 〈喷〉

ㄆㄤ (pang)

龐 〈庞〉

鰟 〈鳑〉

ㄆㄥ (peng)

鵬 〈鹏〉

ㄆㄧ (pi)

紕 〈纰〉

羆 〈罴〉

鮍 〈鲏〉

鈹 〈铍〉

闢 〈辟〉

ㄆㄧㄠ (piao)

飄 〈飘〉

縹 〈缥〉

驃 〈骠〉

ㄆㄧㄢ (pian)

駢 〈骈〉

論 〈论〉

騙 〈骗〉

ㄆㄧㄣ (pin)

嬪 〈嫔〉

頻 〈频〉

顰 〈颦〉

貧 〈贫〉

ㄆㄧㄥ (ping)

評 〈评〉

蘋 〈苹〉

鮃 〈鲆〉

憑 〈凭〉

ㄆㄨ (pu)

鋪 〈铺〉

撲 〈扑〉

僕 〈仆〉

鏷 〈镤〉

譜 〈谱〉

鐠 〈错〉

樸 〈朴〉

ㄇ

ㄇ (m)

嘸 〈呒〉

ㄇㄚ (ma)

媽 〈妈〉

嘜 〈唛〉

蔴 〈麻〉

馬 〈马〉

螞 〈蚂〉

瑪 〈玛〉

碼 〈码〉

罵 〈骂〉

嗎 〈吗〉

獁 〈犸〉

ㄇㄛ (mo)

謨 〈谟〉

饃 〈馍〉

蟇 〈蟆〉

ㄇㄜ (me)

麼 〈么〉

ㄇㄞ (mai)

買 〈买〉

麥 〈麦〉

賣 〈卖〉

邁 〈迈〉

脈 〈脉〉

䚈 〈荬〉

ㄇㄟ
(mei)

黴 〈霉〉
鎇 〈镅〉
鶥 〈鹛〉
鎂 〈镁〉

ㄇㄠ
(mao)

貓 〈猫〉
錨 〈锚〉
鉚 〈铆〉
貿 〈贸〉

ㄇㄡ
(mou)

謀 〈谋〉
繆 〈缪〉

ㄇㄢ
(man)

顢 〈颟〉

饅 〈馒〉
鰻 〈鳗〉
蠻 〈蛮〉
瞞 〈瞒〉
滿 〈满〉
蟎 〈螨〉
謾 〈谩〉
縵 〈缦〉
鏝 〈镘〉

ㄇㄣ
(men)

門 〈门〉
捫 〈扪〉
鍆 〈钔〉
懑 〈懑〉
悶 〈闷〉
燜 〈焖〉
們 〈们〉

ㄇㄤ
(mang)

鋩 〈铓〉

ㄇㄥ
(meng)

矇 〈蒙〉
濛 〈蒙〉
懞 〈蒙〉
錳 〈锰〉
夢 〈梦〉

ㄇㄧ
(mi)

謎 〈谜〉
襧 〈袮〉
彌 〈弥〉
瀰 〈弥〉
獼 〈猕〉
謐 〈谧〉
覓 〈觅〉

ㄇㄧㄝ
(mie)

滅 〈灭〉
嵴 〈蔑〉

ㄇㄧㄠ
(miao)

紗　〈缈〉

繆　〈缪〉

廟　〈庙〉

ㄇㄧㄡ
(miu)

謬　〈谬〉

繆　〈缪〉

ㄇㄧㄢ
(mian)

綿　〈绵〉

澠　〈渑〉

緬　〈缅〉

麵　〈面〉

ㄇㄧㄣ
(min)

緡　〈缗〉

閔　〈闵〉

憫　〈悯〉

閩　〈闽〉

黽　〈黾〉

ㄇㄧㄥ
(ming)

鳴　〈鸣〉

銘　〈铭〉

ㄇㄨ
(mu)

畝　〈亩〉

鉬　〈钼〉

ㄈ

ㄈㄚ
(fa)

發　〈发〉

髮　〈发〉

罰　〈罚〉

閥　〈阀〉

ㄈㄟ
(fei)

緋　〈绯〉

鯡　〈鲱〉

飛　〈飞〉

誹　〈诽〉

廢　〈废〉

費　〈费〉

鐨　〈镄〉

ㄈㄢ
(fan)

煩　〈烦〉

礬　〈矾〉

釩　〈钒〉

販　〈贩〉

飯　〈饭〉

範　〈范〉

ㄈㄣ
(fen)

紛	〈纷〉
墳	〈坟〉
豬	〈豮〉
糞	〈粪〉
憤	〈愤〉
債	〈偾〉
奮	〈奋〉

ㄈㄤ
(fang)

鈁	〈钫〉
魴	〈鲂〉
訪	〈访〉
紡	〈纺〉

ㄈㄥ
(feng)

豐	〈丰〉
灃	〈沣〉

鋒	〈锋〉
風	〈风〉
渢	〈沨〉
瘋	〈疯〉
楓	〈枫〉
碸	〈砜〉
馮	〈冯〉
縫	〈缝〉
諷	〈讽〉
鳳	〈凤〉
賵	〈赗〉

ㄈㄨ
(fu)

麩	〈麸〉
膚	〈肤〉
輻	〈辐〉
紱	〈绂〉
鳧	〈凫〉
緋	〈绯〉
輔	〈辅〉

撫	〈抚〉
賦	〈赋〉
賻	〈赙〉
縛	〈缚〉
訃	〈讣〉
復	〈复〉
複	〈复〉
鰒	〈鳆〉
駙	〈驸〉
鮒	〈鲋〉
負	〈负〉
婦	〈妇〉

ㄉ

ㄉㄚ
(da)

達	〈达〉
噠	〈哒〉
韃	〈鞑〉

ㄉㄜ
(de)

鍀 〈锝〉

ㄉㄞ
(dai)

獃 〈呆〉
貸 〈贷〉
給 〈绐〉
帶 〈带〉
靆 〈叇〉

ㄉㄠ
(dao)

魛 〈鱽〉
禱 〈祷〉
島 〈岛〉
搗 〈捣〉
導 〈导〉

ㄉㄡ
(dou)

鬥 〈斗〉

寶 〈窦〉

ㄉㄢ
(dan)

單 〈单〉
擔 〈担〉
殫 〈殚〉
簞 〈箪〉
鄲 〈郸〉
撣 〈掸〉
膽 〈胆〉
賧 〈赕〉
憚 〈惮〉
癉 〈瘅〉
彈 〈弹〉
誕 〈诞〉

ㄉㄤ
(dang)

襠 〈裆〉
鐺 〈铛〉

當 〈当〉
噹 〈当〉
黨 〈党〉
讜 〈谠〉
擋 〈挡〉
檔 〈档〉
碭 〈砀〉
蕩 〈荡〉

ㄉㄥ
(deng)

燈 〈灯〉
鐙 〈镫〉
鄧 〈邓〉

ㄉㄧ
(di)

鏑 〈镝〉
覿 〈觌〉
糴 〈籴〉
敵 〈敌〉

滌　〈涤〉

詆　〈诋〉

諦　〈谛〉

締　〈缔〉

遞　〈递〉

ㄉㄧㄝ
(die)

諜　〈谍〉

鰈　〈鲽〉

経　〈经〉

ㄉㄧㄠ
(diao)

鯛　〈鲷〉

釣　〈钓〉

錭　〈锦〉

銚　〈铫〉

調　〈调〉

鴉　〈鸢〉

ㄉㄧㄡ
(diu)

銩　〈铥〉

ㄉㄧㄢ
(dian)

顛　〈颠〉

癲　〈癫〉

巓　〈巅〉

點　〈点〉

澱　〈淀〉

墊　〈垫〉

電　〈电〉

鈿　〈钿〉

ㄉㄧㄥ
(ding)

釘　〈钉〉

頂　〈顶〉

訂　〈订〉

錠　〈锭〉

ㄉㄨ
(du)

讀　〈读〉

瀆　〈渎〉

櫝　〈椟〉

黷　〈黩〉

犢　〈犊〉

牘　〈牍〉

獨　〈独〉

賭　〈赌〉

篤　〈笃〉

鍍　〈镀〉

ㄉㄨㄛ
(duo)

奪　〈夺〉

鐸　〈铎〉

馱　〈驮〉

墮　〈堕〉

飿　〈饳〉

ㄉㄨㄟ
(dui)

懟 〈怼〉
對 〈对〉
隊 〈队〉

ㄉㄨㄢ
(duan)

斷 〈断〉
鍛 〈锻〉
緞 〈缎〉
籪 〈簖〉

ㄉㄨㄣ
(dun)

噸 〈吨〉
鐓 〈镦〉
躉 〈趸〉
鈍 〈钝〉
頓 〈顿〉

ㄉㄨㄥ
(dong)

東 〈东〉
鼕 〈冬〉
鶇 〈鸫〉
崠 〈岽〉
棟 〈栋〉
凍 〈冻〉
腖 〈胨〉
動 〈动〉

ㄊ

ㄊㄚ
(ta)

牠 〈它〉
鉈 〈铊〉
鰨 〈鳎〉
獺 〈獭〉
撻 〈挞〉
闥 〈闼〉
澾 〈汏〉

ㄊㄞ
(tai)

臺 〈台〉
檯 〈台〉
颱 〈台〉
駘 〈骀〉
態 〈态〉
鈦 〈钛〉

ㄊㄠ
(tao)

濤 〈涛〉
韜 〈韬〉
燾 〈焘〉
討 〈讨〉
縧 〈绦〉

ㄊㄡ
(tou)

頭 〈头〉
鈄 〈钭〉

ㄊㄢ (tan)	燙 〈烫〉	鐵 〈铁〉
灘 〈滩〉	ㄊㄥ (teng)	ㄊㄧㄠ (tiao)
癱 〈瘫〉	謄 〈誊〉	條 〈条〉
攤 〈摊〉	騰 〈腾〉	鰷 〈鲦〉
貪 〈贪〉	籐 〈籐〉	齠 〈龆〉
談 〈谈〉		調 〈调〉
壇 〈坛〉		糶 〈粜〉
罎 〈坛〉	ㄊㄧ (ti)	
譚 〈谭〉	銻 〈锑〉	ㄊㄧㄢ (tian)
曇 〈昙〉	鵜 〈鹈〉	闐 〈阗〉
彈 〈弹〉	鶗 〈鹈〉	
鉭 〈钽〉	綈 〈绨〉	ㄊㄧㄥ (ting)
嘆 〈叹〉	緹 〈缇〉	廳 〈厅〉
	題 〈题〉	烴 〈烃〉
ㄊㄤ (tang)	體 〈体〉	聽 〈听〉
鏜 〈镗〉		頲 〈颋〉
湯 〈汤〉	ㄊㄧㄝ (tie)	鋌 〈铤〉
儻 〈傥〉	貼 〈贴〉	
钂 〈镋〉		

ㄊㄨ
(tu)

圖　〈图〉
塗　〈涂〉
釷　〈钍〉

ㄊㄨㄛ
(tuo)

飥　〈饦〉
駝　〈驼〉
鮀　〈鉈〉
馱　〈驮〉
鼉　〈鼍〉
橢　〈椭〉
撱　〈撱〉
籜　〈箨〉

ㄊㄨㄟ
(tui)

頹　〈颓〉

ㄊㄨㄢ
(tuan)

摶　〈抟〉
團　〈团〉
糰　〈团〉

ㄊㄨㄣ
(tun)

飩　〈饨〉

ㄊㄨㄥ
(tong)

銅　〈铜〉
鮦　〈鲖〉
統　〈统〉
慟　〈恸〉

ㄋ
ㄋㄚ
(na)

鎿　〈镎〉
鈉　〈钠〉

納　〈纳〉

ㄋㄜ
(ne)

訥　〈讷〉

ㄋㄟ
(nei)

餒　〈馁〉

ㄋㄠ
(nao)

撓　〈挠〉
蟯　〈蛲〉
鐃　〈铙〉
惱　〈恼〉
腦　〈脑〉
鬧　〈闹〉

ㄋㄢ
(nan)

難　〈难〉

ㄋㄤ
(nang)

齉〈齉〉

ㄋㄧ
(ni)

鯢〈鲵〉
鈮〈铌〉
擬〈拟〉
膩〈腻〉

ㄋㄧㄝ
(nie)

聶〈聂〉
顳〈颞〉
囁〈嗫〉
躡〈蹑〉
鑷〈镊〉
囓〈啮〉
鎳〈镍〉

ㄋㄧㄠ
(niao)

鳥〈鸟〉
蔦〈茑〉
裊〈袅〉

ㄋㄧㄡ
(niu)

鈕〈钮〉
紐〈纽〉

ㄋㄧㄢ
(nian)

鯰〈鲶〉
輦〈辇〉
攆〈撵〉

ㄋㄧㄤ
(niang)

釀〈酿〉

ㄋㄧㄥ
(ning)

寧〈宁〉
檸〈柠〉
嚀〈咛〉
獰〈狞〉
聹〈聍〉
擰〈拧〉
濘〈泞〉

ㄋㄨ
(nu)

駑〈驽〉

ㄋㄨㄛ
(nuo)

儺〈傩〉
諾〈诺〉
鍩〈锘〉

ㄋㄨㄥ
(nong)

農〈农〉
濃〈浓〉
儂〈侬〉

膿 〈脓〉	樂 〈乐〉	纍 〈累〉
噥 〈哝〉	餎 〈饹〉	縲 〈缧〉
		誄 〈诔〉
ㄋㄩ	**ㄌㄞ**	壘 〈垒〉
(nü)	**(lai)**	淚 〈泪〉
鈕 〈钕〉	來 〈来〉	類 〈类〉
	淶 〈涞〉	
ㄋㄩㄝ	萊 〈莱〉	**ㄌㄠ**
(nüe)	崍 〈崃〉	**(lao)**
瘧 〈疟〉	錸 〈铼〉	撈 〈捞〉
	徠 〈徕〉	勞 〈劳〉
ㄌ	賴 〈赖〉	嶗 〈崂〉
ㄌㄚ	瀨 〈濑〉	癆 〈痨〉
(la)	癩 〈癞〉	鐒 〈铹〉
蠟 〈蜡〉	籟 〈籁〉	鉇 〈铑〉
臘 〈腊〉	睞 〈睐〉	澇 〈涝〉
鑞 〈镴〉	賚 〈赉〉	嘮 〈唠〉
		耮 〈耢〉
ㄌㄜ	**ㄌㄟ**	**ㄌㄡ**
(le)	**(lei)**	**(lou)**
鰳 〈鳓〉	鐳 〈镭〉	婁 〈娄〉

僂 〈偻〉	斕 〈斓〉	離 〈离〉
嘍 〈喽〉	鑭 〈镧〉	灘 〈漓〉
樓 〈楼〉	襤 〈褴〉	籬 〈篱〉
漊 〈溇〉	藍 〈蓝〉	縭 〈缡〉
蔞 〈蒌〉	籃 〈篮〉	驪 〈骊〉
髏 〈髅〉	嵐 〈岚〉	鸝 〈鹂〉
螻 〈蝼〉	懶 〈懒〉	鱺 〈鲡〉
耬 〈耧〉	覽 〈览〉	禮 〈礼〉
摟 〈搂〉	欖 〈榄〉	邐 〈逦〉
嶁 〈嵝〉	攬 〈揽〉	裏 〈里〉
簍 〈篓〉	纜 〈缆〉	鋰 〈锂〉
鏤 〈镂〉	爛 〈烂〉	鯉 〈鲤〉
	濫 〈滥〉	鱧 〈鳢〉
		麗 〈丽〉
ㄌㄢ		儷 〈俪〉
(lan)	**ㄌㄤ**	酈 〈郦〉
	(lang)	厲 〈厉〉
蘭 〈兰〉		勵 〈励〉
欄 〈栏〉	鋃 〈锒〉	礪 〈砺〉
攔 〈拦〉	閬 〈阆〉	歷 〈历〉
闌 〈阑〉		曆 〈历〉
瀾 〈澜〉	**ㄌㄧ**	
讕 〈谰〉	**(li)**	
	釐 〈厘〉	

瀝 〈沥〉

壢 〈坜〉

癧 〈疬〉

靂 〈雳〉

櫪 〈枥〉

蒞 〈莅〉

嚦 〈呖〉

癘 〈疠〉

糲 〈粝〉

礰 〈砺〉

蠣 〈蛎〉

櫟 〈栎〉

轣 〈轹〉

隸 〈隶〉

ㄌㄧㄚ
(lia)

倆 〈俩〉

ㄌㄧㄝ
(lie)

獵 〈猎〉

ㄌㄧㄠ
(liao)

鷯 〈鹩〉

繚 〈缭〉

療 〈疗〉

遼 〈辽〉

瞭 〈了〉

〈瞭〉

釕 〈钌〉

鐐 〈镣〉

ㄌㄧㄡ
(liu)

飅 〈飗〉

劉 〈刘〉

瀏 〈浏〉

騮 〈骝〉

綹 〈绺〉

鎦 〈镏〉

餾 〈馏〉

鷚 〈鹨〉

陸 〈陆〉

ㄌㄧㄢ
(lian)

簾 〈帘〉

鐮 〈镰〉

聯 〈联〉

連 〈连〉

漣 〈涟〉

蓮 〈莲〉

鰱 〈鲢〉

璉 〈琏〉

奩 〈奁〉

憐 〈怜〉

斂 〈敛〉

蘞 〈蔹〉

臉 〈脸〉

戀 〈恋〉

鏈 〈链〉

煉 〈炼〉

練 〈练〉

瀲 〈潋〉

殮 〈殓〉

襝 〈裣〉
褳 〈裢〉

ㄌㄧㄣ
(lin)

轔 〈辚〉
鱗 〈鳞〉
臨 〈临〉
鄰 〈邻〉
藺 〈蔺〉
躪 〈躏〉
賃 〈赁〉

ㄌㄧㄤ
(liang)

糧 〈粮〉
兩 〈两〉
倆 〈俩〉
魎 〈魉〉
輛 〈辆〉
諒 〈谅〉

ㄌㄧㄥ
ling

鯪 〈鲮〉
綾 〈绫〉
齡 〈龄〉
鈴 〈铃〉
鴒 〈鸰〉
靈 〈灵〉
欞 〈棂〉
領 〈领〉
嶺 〈岭〉

ㄌㄨ
(lu)

嚕 〈噜〉
廬 〈庐〉
爐 〈炉〉
蘆 〈芦〉
盧 〈卢〉
瀘 〈泸〉
壚 〈垆〉

櫨 〈栌〉
顱 〈颅〉
鸕 〈鸬〉
臚 〈胪〉
鱸 〈鲈〉
艫 〈舻〉
鹵 〈卤〉
滷 〈卤〉
虜 〈虏〉
擄 〈掳〉
魯 〈鲁〉
櫓 〈橹〉
鐪 〈镥〉
轆 〈辘〉
輅 〈辂〉
賂 〈赂〉
鷺 〈鹭〉
陸 〈陆〉
錄 〈录〉
籙 〈箓〉
綠 〈绿〉

轤 〈轳〉
毊 〈毶〉

ㄌㄨㄛ (luo)

驘 〈骡〉
腡 〈脶〉
羅 〈罗〉
囉 〈啰〉
邏 〈逻〉
蘿 〈萝〉
鑼 〈锣〉
籮 〈箩〉
欏 〈椤〉
玀 〈猡〉
犖 〈荦〉
濼 〈泺〉
駱 〈骆〉
絡 〈络〉

ㄌㄨㄢ (luan)

變 〈变〉
欒 〈栾〉
灤 〈滦〉
巒 〈峦〉
臠 〈脔〉
鑾 〈銮〉
攣 〈挛〉
鸞 〈鸾〉
孿 〈孪〉
亂 〈乱〉

ㄌㄨㄣ (lun)

掄 〈抡〉
侖 〈仑〉
淪 〈沦〉
輪 〈轮〉
圇 〈囵〉
綸 〈纶〉

倫 〈伦〉
論 〈论〉

ㄌㄨㄥ (long)

龍 〈龙〉
瀧 〈泷〉
瓏 〈珑〉
聾 〈聋〉
櫳 〈栊〉
礱 〈砻〉
籠 〈笼〉
蘢 〈茏〉
嚨 〈咙〉
曨 〈昽〉
朧 〈胧〉
壟 〈垄〉
攏 〈拢〉
隴 〈陇〉

ㄌㄩ
(lü)

驢　〈驴〉
閭　〈闾〉
櫚　〈榈〉
僂　〈偻〉
褸　〈褛〉
縷　〈缕〉
鋁　〈铝〉
慮　〈虑〉
濾　〈滤〉
綠　〈绿〉

ㄍ
ㄍㄚ
(ga)

釓　〈钆〉

ㄍㄜ
(ge)

鴿　〈鸽〉

搁　〈搁〉
鎘　〈镉〉
頜　〈颌〉
閣　〈阁〉
個　〈个〉
鉻　〈铬〉

ㄍㄞ
(gai)

該　〈该〉
賅　〈赅〉
蓋　〈盖〉
鈣　〈钙〉

ㄍㄟ
(gei)

給　〈给〉

ㄍㄠ
(gao)

鎬　〈镐〉

縞　〈缟〉
誥　〈诰〉
鋯　〈锆〉

ㄍㄡ
(gou)

緱　〈缑〉
溝　〈沟〉
鈎　〈钩〉
覯　〈觏〉
詬　〈诟〉
構　〈构〉
購　〈购〉

ㄍㄢ
(gan)

乾　〈干〉
幹　〈干〉
尷　〈尴〉
趕　〈赶〉
贛　〈赣〉

紺 〈绀〉

《尢
(gang)

岡 〈冈〉

剛 〈刚〉

綱 〈纲〉

鋼 〈钢〉

摃 〈扛〉

崗 〈岗〉

《ㄥ
(geng)

賡 〈赓〉

鶊 〈鹒〉

鯁 〈鲠〉

縆 〈绠〉

《ㄨ
(gu)

鈷 〈钴〉

鴣 〈鸪〉

詁 〈诂〉

鈷 〈钴〉

賈 〈贾〉

蠱 〈蛊〉

穀 〈毂〉

餶 〈馉〉

鶻 〈鹘〉

穀 〈谷〉

鵠 〈鹄〉

顧 〈顾〉

僱 〈雇〉

錮 〈锢〉

《ㄨㄚ
(gua)

颳 〈刮〉

鴰 〈鸹〉

劀 〈刮〉

掛 〈挂〉

詿 〈诖〉

《ㄨㄛ
(guo)

渦 〈涡〉

堝 〈埚〉

鍋 〈锅〉

蟈 〈蝈〉

國 〈国〉

摑 〈掴〉

幗 〈帼〉

餜 〈馃〉

膕 〈腘〉

過 〈过〉

《ㄨㄟ
(gui)

媯 〈妫〉

規 〈规〉

鮭 〈鲑〉

閨 〈闺〉

歸 〈归〉

龜 〈龟〉

軌 〈轨〉	巜ㄨㄣ (gun)	軻 〈轲〉
甌 〈瓯〉		鉀 〈钶〉
詭 〈诡〉	輥 〈辊〉	顆 〈颗〉
鱖 〈鳜〉	緄 〈绲〉	殼 〈壳〉
櫃 〈柜〉	鯀 〈鲧〉	緙 〈缂〉
貴 〈贵〉		剋 〈克〉
劌 〈刿〉	巜ㄨㄤ (guang)	課 〈课〉
檜 〈桧〉		騍 〈骒〉
劊 〈刽〉	廣 〈广〉	鍊 〈锞〉
	獷 〈犷〉	

巜ㄨㄢ (guan)		丂ㄞ (kai)
	巜ㄨㄥ (gong)	
關 〈关〉		開 〈开〉
綸 〈纶〉	龔 〈龚〉	愷 〈恺〉
鰥 〈鳏〉	鞏 〈巩〉	塏 〈垲〉
觀 〈观〉	貢 〈贡〉	剴 〈剀〉
館 〈馆〉	嗊 〈唝〉	鎧 〈铠〉
鸛 〈鹳〉		凱 〈凯〉
貫 〈贯〉		闓 〈闿〉
慣 〈惯〉	丂	鍇 〈锴〉
摜 〈掼〉	丂ㄜ (ke)	愾 〈忾〉
	頦 〈颏〉	

ㄎㄠ
(kao)

銬　〈铐〉

ㄎㄡ
(kou)

摳　〈抠〉
瞘　〈眍〉

ㄎㄢ
(kan)

龕　〈龛〉
檻　〈槛〉

ㄎㄣ
(ken)

懇　〈恳〉
墾　〈垦〉

ㄎㄤ
(kang)

鈧　〈钪〉

ㄎㄥ
(keng)

鏗　〈铿〉

ㄎㄨ
(ku)

庫　〈库〉
褲　〈裤〉
絝　〈绔〉
礜　〈誉〉

ㄎㄨㄚ
(kua)

誇　〈夸〉

ㄎㄨㄛ
(kuo)

闊　〈阔〉
擴　〈扩〉

ㄎㄨㄞ
(kuai)

會　〈会〉

澮　〈浍〉
噲　〈哙〉
鄶　〈郐〉
儈　〈侩〉
膾　〈脍〉
獪　〈狯〉
塊　〈块〉

ㄎㄨㄟ
(kui)

窺　〈窥〉
虧　〈亏〉
巋　〈岿〉
潰　〈溃〉
襩　〈裰〉
憒　〈愦〉
聵　〈聩〉
匱　〈匮〉
蕢　〈蒉〉
饋　〈馈〉
簣　〈篑〉

ㄎㄨㄢ (kuan)	纊 〈纩〉	嚇 〈吓〉
寬 〈宽〉	鄺 〈邝〉	**ㄏㄞ** **(hai)**
髖 〈髋〉	覙 〈觃〉	還 〈还〉
	ㄏ	駭 〈骇〉
ㄎㄨㄣ **(kun)**	**ㄏㄚ** **(ha)**	
崑 〈昆〉		**ㄏㄠ** **(hao)**
鯤 〈鲲〉	鉿 〈铪〉	顥 〈颢〉
錕 〈锟〉	**ㄏㄜ** **(he)**	灝 〈灏〉
壼 〈壸〉		號 〈号〉
綑 〈捆〉	訶 〈呵〉	
睏 〈困〉	閡 〈阂〉	**ㄏㄡ** **(hou)**
	闔 〈阖〉	後 〈后〉
ㄎㄨㄤ **(kuang)**	鶡 〈鹖〉	鱟 〈鲎〉
誆 〈诓〉	餄 〈饸〉	
誑 〈诳〉	頜 〈颌〉	**ㄏㄢ** **(han)**
礦 〈矿〉	閤 〈合〉	
壙 〈圹〉	紇 〈纥〉	
曠 〈旷〉	鶴 〈鹤〉	預 〈预〉
	賀 〈贺〉	

韓 〈韩〉	鷸 〈鹬〉	鑊 〈镬〉
闞 〈阚〉	潏 〈浵〉	獲 〈获〉
漢 〈汉〉	滬 〈沪〉	穫 〈获〉
頷 〈颔〉	護 〈护〉	禍 〈祸〉
		貨 〈货〉

ㄏ尢
(hang)

絎 〈绗〉
頏 〈颃〉

ㄏㄨㄚ
(hua)

華 〈华〉
驊 〈骅〉
嘩 〈哗〉
鏵 〈铧〉
畫 〈画〉
嬅 〈婳〉
劃 〈划〉
樺 〈桦〉
話 〈话〉

ㄏㄨㄞ
(huai)

懷 〈怀〉
壞 〈坏〉

ㄏㄥ
(heng)

鴴 〈鸻〉

ㄏㄨ
(hu)

軤 〈轷〉
壺 〈壶〉
鬍 〈胡〉
鶘 〈鹕〉
鵠 〈鹄〉

ㄏㄨㄛ
(huo)

鈥 〈钬〉
夥 〈伙〉

ㄏㄨㄟ
(hui)

揮 〈挥〉
輝 〈辉〉
翬 〈翚〉
詼 〈诙〉
迴 〈回〉
匯 〈汇〉
彙 〈汇〉
賄 〈贿〉

穢 〈秽〉	閽 〈阍〉	ㄐ
會 〈会〉	渾 〈浑〉	ㄐㄧ
燴 〈烩〉	琿 〈珲〉	(jī)
薈 〈荟〉	餛 〈馄〉	齏 〈齑〉
繪 〈绘〉	諢 〈诨〉	躋 〈跻〉
誨 〈诲〉		齎 〈赍〉
諱 〈讳〉	ㄏㄨㄤ	緝 〈缉〉
	(huáng)	積 〈积〉
ㄏㄨㄢ	鰉 〈鳇〉	羈 〈羁〉
(huān)	謊 〈谎〉	機 〈机〉
歡 〈欢〉		饑 〈饥〉
還 〈还〉	ㄏㄨㄥ	譏 〈讥〉
環 〈环〉	(hóng)	璣 〈玑〉
繯 〈缳〉	轟 〈轰〉	磯 〈矶〉
鐶 〈镮〉	閧 〈哄〉	嘰 〈叽〉
鍰 〈锾〉	鬨 〈哄〉	鷄 〈鸡〉
緩 〈缓〉	黌 〈黉〉	鶺 〈鹡〉
鯇 〈鲩〉	鴻 〈鸿〉	輯 〈辑〉
	紅 〈红〉	極 〈极〉
ㄏㄨㄣ	葒 〈荭〉	級 〈级〉
(hún)	訌 〈讧〉	擊 〈击〉
葷 〈荤〉		

擠	〈挤〉	**ㄐㄧㄚ**		癤	〈疖〉
給	〈给〉	**(jia)**		訐	〈讦〉
幾	〈几〉	傢	〈家〉	傑	〈杰〉
蟣	〈虮〉	鎵	〈镓〉	潔	〈洁〉
濟	〈济〉	夾	〈夹〉	詰	〈诘〉
霽	〈霁〉	浹	〈浃〉	擷	〈撷〉
薺	〈荠〉	頰	〈颊〉	頡	〈颉〉
劑	〈剂〉	莢	〈荚〉	結	〈结〉
鱭	〈鲚〉	蛺	〈蛱〉	鮚	〈鲒〉
際	〈际〉	鋏	〈铗〉	節	〈节〉
績	〈绩〉	郟	〈郏〉	藉	〈借〉
計	〈计〉	賈	〈贾〉	誡	〈诫〉
繫	〈系〉	檟	〈槚〉		
驥	〈骥〉	鉀	〈钾〉	**ㄐㄧㄠ**	
覬	〈觊〉	價	〈价〉	**(jiao)**	
薊	〈蓟〉	駕	〈驾〉	膠	〈胶〉
鯽	〈鲫〉			鮫	〈鲛〉
記	〈记〉			鷦	〈鹪〉
紀	〈纪〉	**ㄐㄧㄝ**		澆	〈浇〉
繼	〈继〉	**(jie)**		驕	〈骄〉
跡	〈迹〉	階	〈阶〉	嬌	〈娇〉
		稭	〈秸〉		

鵤	〈鹪〉			瞼	〈睑〉
餃	〈饺〉			儉	〈俭〉
鉸	〈铰〉	ㄐㄧㄢ		簡	〈简〉
絞	〈绞〉	**(jian)**		諫	〈谏〉
僥	〈侥〉	鶼	〈鹣〉	漸	〈渐〉
矯	〈矫〉	鰜	〈鳒〉	檻	〈槛〉
攪	〈搅〉	縑	〈缣〉	賤	〈贱〉
繳	〈缴〉	戔	〈戋〉	濺	〈溅〉
覺	〈觉〉	箋	〈笺〉	踐	〈践〉
較	〈较〉	堅	〈坚〉	餞	〈饯〉
轎	〈轿〉	鰹	〈鲣〉	薦	〈荐〉
撟	〈挢〉	緘	〈缄〉	鑒	〈鉴〉
嶠	〈峤〉	監	〈监〉	見	〈见〉
		殲	〈歼〉	艦	〈舰〉
		艱	〈艰〉	劍	〈剑〉
ㄐㄧㄡ		間	〈间〉	鍵	〈键〉
(jiu)		諫	〈谏〉	澗	〈涧〉
糾	〈纠〉	鹼	〈硷〉		
鳩	〈鸠〉	揀	〈拣〉		
鬮	〈阄〉	筧	〈笕〉	ㄐㄧㄣ	
舊	〈旧〉	繭	〈茧〉	**(jin)**	
鷲	〈鹫〉	檢	〈检〉	謹	〈谨〉
		撿	〈捡〉		

饉	〈馑〉	槳	〈桨〉	鏡	〈镜〉
覲	〈觐〉	獎	〈奖〉		
緊	〈紧〉	蔣	〈蒋〉	**ㄐㄩ**	
錦	〈锦〉	醬	〈酱〉	**(ju)**	
僅	〈仅〉	絳	〈绛〉	車	〈车〉
勁	〈劲〉			駒	〈驹〉
進	〈进〉			鋦	〈锔〉
縉	〈缙〉	**ㄐㄧㄥ**		舉	〈举〉
盡	〈尽〉	**(jing)**		齟	〈龃〉
儘	〈尽〉	莖	〈茎〉	櫸	〈榉〉
藎	〈荩〉	涇	〈泾〉	鉅	〈巨〉
燼	〈烬〉	經	〈经〉	懼	〈惧〉
贐	〈赆〉	驚	〈惊〉	颶	〈飓〉
		鯨	〈鲸〉	窶	〈窭〉
		剄	〈刭〉	屨	〈屦〉
ㄐㄧㄤ		頸	〈颈〉	據	〈据〉
(jiang)		勁	〈劲〉	劇	〈剧〉
薑	〈姜〉	徑	〈径〉	鋸	〈锯〉
將	〈将〉	脛	〈胫〉		
漿	〈浆〉	痙	〈痉〉	**ㄐㄩㄝ**	
繮	〈缰〉	競	〈竞〉	**(jue)**	
講	〈讲〉	靚	〈靓〉	覺	〈觉〉

176

鑷 〈镊〉

鑸 〈镢〉

譎 〈谲〉

訣 〈诀〉

絶 〈绝〉

ㄐㄩㄢ
(juan)

鵑 〈鹃〉

鐫 〈镌〉

捲 〈卷〉

絹 〈绢〉

ㄐㄩㄣ
(jun)

軍 〈军〉

鞍 〈鞍〉

鈞 〈钧〉

駿 〈骏〉

ㄑ

ㄑㄧ
(qi)

棲 〈栖〉

緝 〈缉〉

榿 〈桤〉

齊 〈齐〉

蠐 〈蛴〉

臍 〈脐〉

騎 〈骑〉

騏 〈骐〉

鰭 〈鳍〉

顧 〈顾〉

蘄 〈蕲〉

啓 〈启〉

綺 〈绮〉

豈 〈岂〉

磧 〈碛〉

氣 〈气〉

訖 〈讫〉

棄 〈弃〉

薺 〈荠〉

ㄑㄧㄝ
(qie)

鍥 〈锲〉

愜 〈惬〉

篋 〈箧〉

竊 〈窃〉

ㄑㄧㄠ
(qiao)

磽 〈硗〉

蹺 〈跷〉

鍬 〈锹〉

繰 〈缲〉

翹 〈翘〉

喬 〈乔〉

橋 〈桥〉

礄 〈硚〉

僑 〈侨〉

蕎 〈荞〉

譙 〈谯〉	籤 〈签〉	嵌 〈嵌〉
殻 〈壳〉	韆 〈千〉	駬 〈骎〉
窾 〈窍〉	遷 〈迁〉	寢 〈寝〉
誚 〈诮〉	鉛 〈铅〉	鋟 〈锓〉
	釺 〈钎〉	撳 〈揿〉
くー又 **(qiu)**	鵮 〈鹐〉	
	葠 〈荨〉	**くーた** **(qiang)**
鞦 〈秋〉	鉗 〈钳〉	
鶖 〈鹙〉	錢 〈钱〉	瑲 〈玱〉
鰍 〈鳅〉	鈐 〈钤〉	槍 〈枪〉
鰌 〈鳅〉	淺 〈浅〉	鏘 〈锵〉
琉 〈琉〉	譴 〈谴〉	墻 〈墙〉
	繾 〈缱〉	薔 〈蔷〉
くーろ **(qian)**	塹 〈堑〉	檣 〈樯〉
	槧 〈椠〉	嬙 〈嫱〉
騫 〈骞〉	縴 〈纤〉	鏹 〈镪〉
謙 〈谦〉		羥 〈羟〉
慳 〈悭〉	**くーㄣ** **(qin)**	搶 〈抢〉
牽 〈牵〉		熗 〈炝〉
僉 〈佥〉	親 〈亲〉	戧 〈戗〉
簽 〈签〉	欽 〈钦〉	蹌 〈跄〉

嗆 〈呛〉

ㄑㄧㄥ
(qing)

鯖 〈鲭〉
輕 〈轻〉
氫 〈氢〉
傾 〈倾〉
睛 〈䁁〉
請 〈请〉
頃 〈顷〉
廎 〈庼〉
慶 〈庆〉

ㄑㄩ
(qu)

麯 〈曲〉
區 〈区〉
驅 〈驱〉
嶇 〈岖〉
軀 〈躯〉

詘 〈诎〉
趨 〈趋〉
鴝 〈鸲〉
齲 〈龋〉
覷 〈觑〉
闃 〈阒〉

ㄑㄩㄝ
(que)

愨 〈悫〉
鵲 〈鹊〉
闋 〈阕〉
確 〈确〉

ㄑㄩㄢ
(quan)

權 〈权〉
顴 〈颧〉
銓 〈铨〉
詮 〈诠〉
綣 〈绻〉

勸 〈劝〉

ㄑㄩㄥ
(qiong)

窮 〈穷〉
藭 〈劳〉
瓊 〈琼〉
煢 〈茕〉

ㄒ

ㄒㄧ
(xi)

犧 〈牺〉
錫 〈锡〉
襲 〈袭〉
覡 〈觋〉
蓆 〈席〉
習 〈习〉
鰼 〈鳛〉
璽 〈玺〉
銑 〈铣〉

係 〈系〉	纈 〈缬〉	瀟 〈潇〉
繫 〈系〉	協 〈协〉	蠨 〈蟏〉
細 〈细〉	挾 〈挟〉	簫 〈箫〉
閱 〈阅〉	脅 〈胁〉	曉 〈晓〉
戲 〈戏〉	諧 〈谐〉	嘯 〈啸〉
餼 〈饩〉	寫 〈写〉	
餤 〈饻〉	褻 〈亵〉	**ㄒㄧㄡ**
	瀉 〈泻〉	**（xiu）**
ㄒㄧㄚ	絏 〈绁〉	饈 〈馐〉
（xia）	謝 〈谢〉	鵂 〈鸺〉
蝦 〈虾〉		繡 〈绣〉
轄 〈辖〉	**ㄒㄧㄠ**	銹 〈锈〉
硤 〈硖〉	**（xiao）**	鏽 〈锈〉
俠 〈侠〉	驍 〈骁〉	
狹 〈狭〉	嘵 〈哓〉	**ㄒㄧㄢ**
嚇 〈吓〉	銷 〈销〉	**（xian）**
	綃 〈绡〉	鮮 〈鲜〉
ㄒㄧㄝ	囂 〈嚣〉	纖 〈纤〉
（xie）	梟 〈枭〉	躚 〈跹〉
頡 〈颉〉	鴞 〈鸮〉	鍁 〈锨〉
擷 〈撷〉	蕭 〈萧〉	薟 〈莶〉

賢〈贤〉
鹹〈咸〉
銜〈衔〉
撏〈挦〉
閑〈闲〉
鷳〈鹇〉
嫺〈娴〉
癇〈痫〉
蘚〈藓〉
蜆〈蚬〉
顯〈显〉
險〈险〉
獫〈猃〉
銑〈铣〉
獻〈献〉
綫〈线〉
現〈现〉
莧〈苋〉
縣〈县〉
憲〈宪〉
餡〈馅〉

ㄒㄧㄣ
(xin)

鋅〈锌〉
訢〈䜣〉
釁〈衅〉

ㄒㄧㄤ
(xiang)

驤〈骧〉
鑲〈镶〉
鄉〈乡〉
薌〈芗〉
緗〈缃〉
詳〈详〉
鯗〈鲞〉
響〈响〉
餉〈饷〉
饗〈飨〉
嚮〈向〉
項〈项〉

ㄒㄧㄥ
(xing)

興〈兴〉
滎〈荥〉
鉶〈铏〉
陘〈陉〉
餳〈饧〉

ㄒㄩ
(xu)

須〈须〉
鬚〈须〉
諝〈谞〉
許〈许〉
詡〈诩〉
頊〈顼〉
續〈续〉
緒〈绪〉

ㄒㄩㄝ
(xue)

學〈学〉

嶨 〈峃〉	尋 〈寻〉	執 〈执〉
鱈 〈鳕〉	潯 〈浔〉	縶 〈絷〉
謔 〈谑〉	鱘 〈鲟〉	紙 〈纸〉
	訓 〈训〉	摯 〈挚〉
	訊 〈讯〉	贄 〈贽〉
丅凵ㄢ **(xuan)**	遜 〈逊〉	鷙 〈鸷〉
許 〈许〉		擲 〈掷〉
諼 〈谖〉	**丅凵ㄥ** **(xiong)**	滯 〈滞〉
懸 〈悬〉		櫛 〈栉〉
選 〈选〉	兇 〈凶〉	輊 〈轾〉
癬 〈癣〉	詾 〈讻〉	緻 〈致〉
鏇 〈旋〉	臅 〈胸〉	幟 〈帜〉
鉉 〈铉〉		製 〈制〉
絢 〈绚〉	**丄** 丄 **(zhi)**	質 〈质〉
		躓 〈踬〉
丅凵ㄣ **(xun)**		鑕 〈锧〉
	隻 〈只〉	驇 〈鸷〉
勛 〈勋〉	祇 〈只〉	
塤 〈埙〉	織 〈织〉	**丄ㄚ** **(zha)**
馴 〈驯〉	職 〈职〉	
詢 〈询〉	躑 〈踯〉	紮 〈扎〉

182

紮 〈扎〉

剳 〈札〉

劄 〈札〉

鍘 〈铡〉

閘 〈闸〉

軋 〈轧〉

鮺 〈鲝〉

鮓 〈鲊〉

詐 〈诈〉

ㄓㄞ
(zhai)

齋 〈斋〉

債 〈债〉

ㄓㄠ
(zhao)

釗 〈钊〉

趙 〈赵〉

詔 〈诏〉

ㄓㄡ
(zhou)

謅 〈诌〉

週 〈周〉

賙 〈赒〉

軸 〈轴〉

紂 〈纣〉

荮 〈荮〉

驟 〈骤〉

皺 〈皱〉

ㄓㄜ
(zhe)

謫 〈谪〉

轍 〈辙〉

蟄 〈蛰〉

輒 〈辄〉

奲 〈奲〉

摺 〈折〉

鍺 〈锗〉

這 〈这〉

鷓 〈鹧〉

縐 〈绉〉

憫 〈怡〉

偪 〈侜〉

晝 〈昼〉

ㄓㄢ
(zhan)

鸇 〈鹯〉

鱣 〈鳣〉

氈 〈毡〉

譫 〈谵〉

斬 〈斩〉

嶄 〈崭〉

盞 〈盏〉

輾 〈辗〉

綻 〈绽〉

顫 〈颤〉

棧 〈栈〉

佔 〈占〉

戰 〈战〉

⽌ㄣ
(zhen)

針	〈针〉
貞	〈贞〉
湞	〈浈〉
禎	〈祯〉
楨	〈桢〉
偵	〈侦〉
縝	〈缜〉
診	〈诊〉
軫	〈轸〉
鴆	〈鸩〉
賑	〈赈〉
鎮	〈镇〉
紖	〈纼〉
陣	〈阵〉

⽌尢
(zhang)

張	〈张〉
長	〈长〉

漲	〈涨〉
帳	〈帐〉
賬	〈账〉
脹	〈胀〉

⽌ㄥ
(zheng)

鉦	〈钲〉
徵	〈征〉
錚	〈铮〉
癥	〈症〉
鄭	〈郑〉
證	〈证〉
闡	〈阐〉
幀	〈帧〉
諍	〈诤〉

⽌ㄨ
(zhu)

諸	〈诸〉
櫧	〈槠〉

硃	〈朱〉
誅	〈诛〉
銖	〈铢〉
燭	〈烛〉
囑	〈嘱〉
矚	〈瞩〉
貯	〈贮〉
註	〈注〉
駐	〈驻〉
鑄	〈铸〉
築	〈筑〉

⽌ㄨㄚ
(zhua)

撾	〈挝〉

⽌ㄨㄛ
(zhuo)

鐯	〈锗〉
濁	〈浊〉
諑	〈诼〉

鐲 〈镯〉

**ㄓㄨㄟ
(zhui)**

雖 〈雅〉
錐 〈锥〉
贅 〈赘〉
縋 〈缒〉
綴 〈缀〉
墜 〈坠〉

**ㄓㄨㄢ
(zhuan)**

專 〈专〉
磚 〈砖〉
顓 〈颛〉
轉 〈转〉
囀 〈啭〉
賺 〈赚〉
傳 〈传〉
饌 〈馔〉

**ㄓㄨㄣ
(zhun)**

諄 〈谆〉
準 〈准〉

**ㄓㄨㄤ
(zhuang)**

妝 〈妆〉
裝 〈装〉
莊 〈庄〉
樁 〈桩〉
戅 〈戆〉
壯 〈壮〉
狀 〈状〉

**ㄓㄨㄥ
(zhong)**

終 〈终〉
鐘 〈钟〉
鍾 〈钟〉
種 〈种〉

腫 〈肿〉
衆 〈众〉

**ㄔ
ㄔ
(chi)**

鷗 〈鸥〉
癡 〈痴〉
遲 〈迟〉
馳 〈驰〉
齒 〈齿〉
熾 〈炽〉
飭 〈饬〉

**ㄔㄚ
(cha)**

餷 〈馇〉
鍤 〈锸〉
詫 〈诧〉
鑔 〈镲〉

彳さ
(che)

車 〈车〉

硨 〈砗〉

徹 〈彻〉

彳历
(chai)

釵 〈钗〉

儕 〈侪〉

蠆 〈虿〉

彳幺
(chao)

鈔 〈钞〉

彳又
(chou)

紬 〈绸〉

疇 〈畴〉

籌 〈筹〉

躊 〈踌〉

儔 〈俦〉

雛 〈雏〉

綢 〈绸〉

醜 〈丑〉

彳弓
(chan)

攙 〈搀〉

摻 〈掺〉

覘 〈觇〉

纏 〈缠〉

禪 〈禅〉

蟬 〈蝉〉

嬋 〈婵〉

讒 〈谗〉

饞 〈馋〉

産 〈产〉

滻 〈浐〉

鏟 〈铲〉

蕆 〈崴〉

闡 〈阐〉

囅 〈辗〉

諂 〈谄〉

懺 〈忏〉

顫 〈颤〉

剗 〈刬〉

彳ㄣ
(chen)

諶 〈谌〉

塵 〈尘〉

陳 〈陈〉

碜 〈碜〉

襯 〈衬〉

櫬 〈榇〉

讖 〈谶〉

稱 〈称〉

齓 〈龀〉

彳尢
(chang)

倀 〈伥〉

誾 〈闻〉		
鯧 〈鲳〉	**ㄔㄨ**	**ㄔㄨㄢ**
嘗 〈尝〉	**(chu)**	**(chuan)**
鱨 〈鲿〉	齣 〈出〉	傳 〈传〉
長 〈长〉	鋤 〈锄〉	釧 〈钏〉
腸 〈肠〉	芻 〈刍〉	
場 〈场〉	雛 〈雏〉	**ㄔㄨㄣ**
廠 〈厂〉	儲 〈储〉	**(chun)**
悵 〈怅〉	礎 〈础〉	鰆 〈鰆〉
暢 〈畅〉	處 〈处〉	鶉 〈鹑〉
	紬 〈绌〉	純 〈纯〉
ㄔㄥ	觸 〈触〉	莼 〈莼〉
(cheng)		脣 〈唇〉
檉 〈柽〉	**ㄔㄨㄛ**	
蟶 〈蛏〉	**(chuo)**	**ㄔㄨㄤ**
赬 〈赪〉	綽 〈绰〉	**(chuang)**
稱 〈称〉	齪 〈龊〉	瘡 〈疮〉
鐺 〈铛〉	輟 〈辍〉	牀 〈床〉
根 〈枨〉		闖 〈闯〉
誠 〈诚〉	**ㄔㄨㄟ**	愴 〈怆〉
懲 〈惩〉	**(chui)**	創 〈创〉
騁 〈骋〉	錘 〈锤〉	

彳ㄨㄥ
(chong)

衝　〈冲〉
蟲　〈虫〉
寵　〈宠〉
銃　〈铳〉

尸
尸
(shi)

濕　〈湿〉
詩　〈诗〉
師　〈师〉
溮　〈浉〉
獅　〈狮〉
鳾　〈鸸〉
實　〈实〉
埘　〈埘〉
鰣　〈鲥〉
識　〈识〉
時　〈时〉

蝕　〈蚀〉
駛　〈驶〉
鉽　〈铈〉
視　〈视〉
諡　〈谥〉
試　〈试〉
軾　〈轼〉
勢　〈势〉
蒔　〈莳〉
貰　〈贳〉
釋　〈释〉
飾　〈饰〉
適　〈适〉

尸丫
(sha)

鯊　〈鲨〉
紗　〈纱〉
殺　〈杀〉
鎩　〈铩〉

尸さ
(she)

賒　〈赊〉
捨　〈舍〉
設　〈设〉
灄　〈滠〉
懾　〈慑〉
攝　〈摄〉
厙　〈库〉

尸历
(shai)

篩　〈筛〉
曬　〈晒〉
釃　〈酾〉

尸ㄟ
(shei)

誰　〈谁〉

尸幺
(shao)

燒　〈烧〉

紹 〈绍〉

ㄕㄡ
(shou)

獸 〈兽〉
壽 〈寿〉
綬 〈绶〉

ㄕㄢ
(shan)

釤 〈钐〉
陝 〈陕〉
閃 〈闪〉
鱔 〈鳝〉
繕 〈缮〉
撣 〈掸〉
騸 〈骟〉
鐥 〈鐥〉
襌 〈禅〉
訕 〈讪〉
贍 〈赡〉

ㄕㄣ
(shen)

紳 〈绅〉
參 〈参〉
糝 〈糁〉
審 〈审〉
譖 〈谮〉
嬸 〈婶〉
瀋 〈沈〉
諗 〈谂〉
腎 〈肾〉
滲 〈渗〉
瘆 〈瘆〉

ㄕㄤ
(shang)

殤 〈殇〉
觴 〈觞〉
傷 〈伤〉
賞 〈赏〉

ㄕㄥ
(sheng)

陞 〈升〉
昇 〈升〉
聲 〈声〉
澠 〈渑〉
繩 〈绳〉
勝 〈胜〉
聖 〈圣〉

ㄕㄨ
(shu)

樞 〈枢〉
攄 〈摅〉
輸 〈输〉
紓 〈纾〉
書 〈书〉
贖 〈赎〉
屬 〈属〉
數 〈数〉
樹 〈树〉

術 〈术〉
豎 〈竖〉

ㄕㄨㄛ
(shuo)

說 〈说〉
碩 〈硕〉
爍 〈烁〉
鑠 〈铄〉

ㄕㄨㄞ
(shuai)

帥 〈帅〉

ㄕㄨㄟ
(shui)

誰 〈谁〉

ㄕㄨㄢ
(shuan)

閂 〈闩〉

ㄕㄨㄣ
(shun)

順 〈顺〉

ㄕㄨㄤ
(shuang)

雙 〈双〉
瀧 〈泷〉

ㄖ

ㄖㄜ
(re)

熱 〈热〉

ㄖㄠ
(rao)

橈 〈桡〉
蕘 〈荛〉
饒 〈饶〉
嬈 〈娆〉
擾 〈扰〉

繞 〈绕〉

ㄖㄣ
(ren)

認 〈认〉
飪 〈饪〉
紝 〈纴〉
靭 〈韧〉
紉 〈纫〉
韌 〈韧〉

ㄖㄤ
(rang)

讓 〈让〉

ㄖㄨ
(ru)

銣 〈铷〉
顬 〈颥〉
縟 〈缛〉

190

ㄖㄨㄟ
(rui)

銳 〈锐〉

ㄖㄨㄢ
(ruan)

軟 〈软〉

ㄖㄨㄣ
(run)

閏 〈闰〉
潤 〈润〉

ㄖㄨㄥ
(rong)

榮 〈荣〉
蠑 〈蝾〉
嶸 〈嵘〉
絨 〈绒〉

ㄗ

ㄗ
(zi)

諮 〈谘〉
資 〈资〉
鎡 〈镃〉
鮆 〈鮆〉
輜 〈辎〉
錙 〈锱〉
緇 〈缁〉
鯔 〈鲻〉
漬 〈渍〉

ㄗㄚ
(za)

臢 〈臜〉
雜 〈杂〉

ㄗㄜ
(ze)

責 〈责〉

蹟 〈赜〉
嘖 〈啧〉
幘 〈帻〉
簀 〈箦〉
則 〈则〉
澤 〈泽〉
擇 〈择〉

ㄗㄞ
(zai)

災 〈灾〉
載 〈载〉

ㄗㄟ
(zei)

賊 〈贼〉
鰂 〈鰂〉

ㄗㄠ
(zao)

鑿 〈凿〉

棗　〈枣〉
竈　〈灶〉

ㄗㄡ
(zou)

諏　〈诹〉
鯫　〈鲰〉
騶　〈驺〉
鄒　〈邹〉

ㄗㄢ
(zan)

趲　〈趱〉
攢　〈攒〉
鏨　〈錾〉
蹔　〈暂〉
贊　〈赞〉
瓚　〈瓒〉

ㄗㄣ
(zen)

譖　〈谮〉

ㄗㄤ
(zang)

臟　〈赃〉
臟　〈脏〉
髒　〈脏〉
駔　〈驵〉

ㄗㄨ
(zu)

鏃　〈镞〉
詛　〈诅〉
組　〈组〉

ㄗㄥ
(zeng)

繒　〈缯〉
贈　〈赠〉
鋥　〈锃〉

ㄗㄨㄢ
(zuan)

鑽　〈钻〉

蹟　〈躜〉
纘　〈缵〉
賺　〈赚〉

ㄗㄨㄣ
(zun)

鱒　〈鳟〉

ㄗㄨㄥ
(zong)

綜　〈综〉
椶　〈棕〉
總　〈总〉
縱　〈纵〉

ㄘ
ㄘ
(ci)

鷀　〈鹚〉
辤　〈辞〉
詞　〈词〉

賜 〈赐〉

ㄘㄜ (ce)

測 〈测〉

惻 〈恻〉

厠 〈厕〉

側 〈侧〉

ㄘㄞ (cai)

纔 〈才〉

財 〈财〉

ㄘㄡ (cou)

輳 〈辏〉

ㄘㄢ (can)

參 〈参〉

驂 〈骖〉

蠶 〈蚕〉

慚 〈惭〉

殘 〈残〉

慘 〈惨〉

穇 〈穇〉

燦 〈灿〉

ㄘㄣ (cen)

參 〈参〉

ㄘㄤ (cang)

倉 〈仓〉

滄 〈沧〉

蒼 〈苍〉

傖 〈伧〉

鶬 〈鸧〉

艙 〈舱〉

ㄘㄥ (ceng)

層 〈层〉

ㄘㄨㄛ (cuo)

醝 〈醝〉

錯 〈错〉

銼 〈锉〉

ㄘㄨㄟ (cui)

縗 〈缞〉

ㄘㄨㄢ (cuan)

攛 〈撺〉

躥 〈蹿〉

鑹 〈镩〉

竄 〈窜〉

攢 〈攒〉

ㄘㄨㄥ
(cong)

聰 〈聪〉
驄 〈骢〉
樅 〈枞〉
蓯 〈苁〉
從 〈从〉
叢 〈丛〉

ㄙ
ㄙ
(si)

鍶 〈锶〉
颸 〈飔〉
緦 〈缌〉
絲 〈丝〉
噝 〈咝〉
鷥 〈鸶〉
螄 〈蛳〉
駟 〈驷〉
飼 〈饲〉

ㄙㄚ
(sa)

灑 〈洒〉
颯 〈飒〉
薩 〈萨〉

ㄙㄜ
(se)

澀 〈涩〉
嗇 〈啬〉
穡 〈穑〉
鎩 〈铩〉

ㄙㄞ
(sai)

鰓 〈鳃〉
賽 〈赛〉

ㄙㄠ
(sao)

騷 〈骚〉

繅 〈缫〉
掃 〈扫〉

ㄙㄡ
(sou)

餿 〈馊〉
鎪 〈锼〉
颼 〈飕〉
藪 〈薮〉
擻 〈擞〉

ㄙㄢ
(san)

毿 〈毵〉
糝 〈糁〉
傘 〈伞〉

ㄙㄤ
(sang)

喪 〈丧〉
纇 〈颡〉

194

ㄙㄨ
(su)

蘇 〈苏〉

嗉 〈苏〉

穌 〈稣〉

謖 〈谡〉

訴 〈诉〉

肅 〈肃〉

ㄙㄨㄛ
(suo)

縮 〈缩〉

瑣 〈琐〉

嗩 〈唢〉

鎖 〈锁〉

ㄙㄨㄟ
(sui)

雖 〈虽〉

隨 〈随〉

綏 〈绥〉

歲 〈岁〉

誶 〈谇〉

ㄙㄨㄣ
(sun)

孫 〈孙〉

蓀 〈荪〉

猻 〈狲〉

損 〈损〉

筍 〈笋〉

ㄙㄨㄥ
(song)

鬆 〈松〉

慫 〈怂〉

聳 〈耸〉

攫 〈攥〉

訟 〈讼〉

頌 〈颂〉

誦 〈诵〉

ㄚ
ㄚ
(a)

錒 〈锕〉

ㄜ
ㄜ
(e)

額 〈额〉

鋨 〈锇〉

鵝 〈鹅〉

訛 〈讹〉

惡 〈恶〉

噁 〈恶〉

堊 〈垩〉

軛 〈轭〉

諤 〈谔〉

鶚 〈鹗〉

鍔 〈锷〉

餓 〈饿〉

ㄝ

ㄝ
(ê)

誒 〈诶〉

ㄞ

ㄞ
(ai)

鑣 〈镲〉
皚 〈皑〉
靄 〈霭〉
藹 〈蔼〉
愛 〈爱〉
靉 〈叆〉
瑷 〈瑷〉
噯 〈嗳〉
曖 〈暧〉
嬡 〈嫒〉
礙 〈碍〉

ㄠ

ㄠ
(ao)

鰲 〈鳌〉
鷔 〈鹜〉
襖 〈袄〉

ㄡ

ㄡ
(ou)

區 〈区〉
謳 〈讴〉
甌 〈瓯〉
鷗 〈鸥〉
毆 〈殴〉
歐 〈欧〉
嘔 〈呕〉
漚 〈沤〉
慪 〈怄〉

ㄢ

ㄢ
(an)

諳 〈谙〉
鵪 〈鹌〉
銨 〈铵〉

ㄤ

ㄤ
(ang)

骯 〈肮〉

ㄦ

ㄦ
(er)

兒 〈儿〉
鴯 〈鸸〉
餌 〈饵〉
鉺 〈铒〉
爾 〈尔〉
邇 〈迩〉

貳 〈贰〉

一
ㄧ
(yi)

鈠 〈铱〉
醫 〈医〉
鷖 〈鹥〉
禕 〈祎〉
頤 〈颐〉
遺 〈遗〉
儀 〈仪〉
詒 〈诒〉
貽 〈贻〉
飴 〈饴〉
蟻 〈蚁〉
釔 〈钇〉
瘞 〈瘗〉
誼 〈谊〉
鎰 〈镒〉
縊 〈缢〉

勩 〈勚〉
懌 〈怿〉
譯 〈译〉
驛 〈驿〉
嶧 〈峄〉
繹 〈绎〉
義 〈义〉
議 〈议〉
軼 〈轶〉
藝 〈艺〉
囈 〈呓〉
億 〈亿〉
憶 〈忆〉
異 〈异〉
詣 〈诣〉
鐿 〈镱〉

ㄧㄚ
(ya)

壓 〈压〉
鴉 〈鸦〉

鴨 〈鸭〉
錏 〈铔〉
啞 〈哑〉
氬 〈氩〉
亞 〈亚〉
埡 〈垭〉
掗 〈挜〉
婭 〈娅〉
訝 〈讶〉
軋 〈轧〉

ㄧㄝ
(ye)

爺 〈爷〉
厴 〈厣〉
頁 〈页〉
燁 〈烨〉
曄 〈晔〉
業 〈业〉
鄴 〈邺〉
葉 〈叶〉

謁　〈谒〉

一ㄠ
（yao）

堯　〈尧〉

嶢　〈峣〉

謠　〈谣〉

銚　〈铫〉

輶　〈轺〉

瘧　〈疟〉

鷂　〈鹞〉

鑰　〈钥〉

藥　〈药〉

約　〈约〉

一又
（you）

憂　〈忧〉

優　〈优〉

魷　〈鱿〉

猶　〈犹〉

猶　〈犹〉

鈾　〈铀〉

郵　〈邮〉

銪　〈铕〉

誘　〈诱〉

一ㄢ
（yan）

閼　〈阏〉

閹　〈阉〉

懨　〈恹〉

巖　〈岩〉

顔　〈颜〉

鹽　〈盐〉

嚴　〈严〉

閻　〈阎〉

厴　〈厣〉

儼　〈俨〉

諺　〈谚〉

厭　〈厌〉

魘　〈餍〉

贋　〈赝〉

艷　〈艳〉

灩　〈滟〉

讞　〈谳〉

硯　〈砚〉

釅　〈酽〉

驗　〈验〉

一ㄣ
（yin）

銦　〈铟〉

陰　〈阴〉

蔭　〈荫〉

齦　〈龈〉

銀　〈银〉

飲　〈饮〉

隱　〈隐〉

癮　〈瘾〉

鮣　〈鮣〉

198

一ㄤ (yang)		瓔 〈璎〉		烏 〈乌〉
鴦 〈鸯〉		櫻 〈樱〉		嗚 〈呜〉
瘍 〈疡〉		攖 〈撄〉		鎢 〈钨〉
煬 〈炀〉		嚶 〈嘤〉		鄔 〈邬〉
楊 〈杨〉		鸚 〈鹦〉		無 〈无〉
揚 〈扬〉		纓 〈缨〉		蕪 〈芜〉
暘 〈旸〉		熒 〈荧〉		嫵 〈妩〉
錫 〈钖〉		瑩 〈莹〉		憮 〈怃〉
陽 〈阳〉		塋 〈茔〉		廡 〈庑〉
癢 〈痒〉		螢 〈萤〉		鵡 〈鹉〉
養 〈养〉		縈 〈萦〉		塢 〈坞〉
樣 〈样〉		營 〈营〉		務 〈务〉
		贏 〈赢〉		霧 〈雾〉
		蠅 〈蝇〉		鶩 〈鹜〉
一ㄥ (ying)		癭 〈瘿〉		鷔 〈骛〉
		穎 〈颖〉		誤 〈误〉
應 〈应〉		穎 〈颍〉		

一ㄥ (ying)
應 〈应〉
鷹 〈鹰〉
鶯 〈莺〉
罌 〈罂〉
嬰 〈婴〉

ㄨ

ㄨ (wu)
誣 〈诬〉

ㄨㄚ (wa)
媧 〈娲〉
窪 〈洼〉

襪 〈袜〉

ㄨㄛ
(wo)

渦 〈涡〉

窩 〈窝〉

薥 〈莴〉

蝸 〈蜗〉

撾 〈挝〉

龌 〈龌〉

ㄨㄞ
(wai)

喎 〈㖞〉

ㄨㄟ
(wei)

爲 〈为〉

潙 〈沩〉

維 〈维〉

濰 〈潍〉

韋 〈韦〉

違 〈违〉

圍 〈围〉

幃 〈帏〉

闈 〈闱〉

僞 〈伪〉

鮪 〈鲔〉

諉 〈诿〉

煒 〈炜〉

瑋 〈玮〉

葦 〈苇〉

韙 〈韪〉

偉 〈伟〉

緯 〈纬〉

磑 〈硙〉

謂 〈谓〉

衞 〈卫〉

ㄨㄢ
(wan)

彎 〈弯〉

灣 〈湾〉

紈 〈纨〉

頑 〈顽〉

綰 〈绾〉

萬 〈万〉

ㄨㄣ
(wen)

鰮 〈鳁〉

紋 〈纹〉

聞 〈闻〉

閿 〈阌〉

穩 〈稳〉

問 〈问〉

ㄨㄤ
(wang)

網 〈网〉

輞 〈辋〉

ㄩ

ㄩ
(yu)

紆 〈纡〉
輿 〈舆〉
歟 〈欤〉
餘 〈余〉
覦 〈觎〉
諛 〈谀〉
魚 〈鱼〉
漁 〈渔〉
與 〈与〉
語 〈语〉
齬 〈龉〉
傴 〈伛〉
嶼 〈屿〉
譽 〈誉〉
鈺 〈钰〉
籲 〈吁〉
禦 〈御〉
馭 〈驭〉

閾 〈阈〉
嫗 〈妪〉
鬱 〈郁〉
諭 〈谕〉
鸆 〈鹆〉
飫 〈饫〉
獄 〈狱〉
預 〈预〉
澦 〈滪〉
蕷 〈蓣〉
鷸 〈鹬〉

ㄩㄝ
(yue)

約 〈约〉
嶽 〈岳〉
嘬 〈哕〉
閱 〈阅〉
鉞 〈钺〉
躍 〈跃〉
樂 〈乐〉

鑰 〈钥〉

ㄩㄢ
(yuan)

淵 〈渊〉
鳶 〈鸢〉
鴛 〈鸳〉
黿 〈鼋〉
園 〈园〉
轅 〈辕〉
員 〈员〉
圓 〈圆〉
緣 〈缘〉
橼 〈橼〉
遠 〈远〉
願 〈愿〉

ㄩㄣ
(yun)

雲 〈云〉
蕓 〈芸〉

紜	〈纭〉	醞	〈酝〉	擁	〈拥〉
溳	〈涢〉	輼	〈辒〉	傭	〈佣〉
鄖	〈郧〉	縕	〈缊〉	鏞	〈镛〉
殞	〈殒〉	蘊	〈蕴〉	鱅	〈鳙〉
隕	〈陨〉	韻	〈韵〉	顒	〈颙〉
惲	〈恽〉			湧	〈涌〉
暈	〈晕〉	ㄩㄥ		踴	〈踊〉
鄆	〈郓〉	**(yong)**			
運	〈运〉	癰	〈痈〉		

兩岸用語比照

注音符號檢索

兩岸用語比照

（前者為大陸用語，后者為臺灣用語，括號內為詞語的解釋；全篇按讀音的拼音字母順序排列。）

A

艾滋病 ／ 愛滋病、AIDS

愛人 ／ 先生、太太

（妻子對他人稱呼自己丈夫，或丈夫對他人稱呼自己妻子的用語。）

B

八旗子弟 ／ 紈綺子弟

白班 ／ 日班

半干葡萄酒 ／ 低糖葡萄酒

北京時間 ／ 中原標準時間

避孕套 ／ 保險套

爆棚 / 全場爆滿

（指演唱會等大型活動的參與人數眾多，已超過場地能容納的數量。）

比特 / 位元、二進位數字、Bit

（Bit 的音譯，它是電腦數據存儲的最小單位。一個比特代表二進位數中的 0 或 1。）

蝙蝠衫 / 蝴蝶裝

便携式電腦（又稱"筆記本"） / 筆記型電腦

冰棍 / 冰棒

丙肝 / C 型肝炎

病休 / 病假

剝奪政治權利 / 褫奪公權

（剝奪犯罪人參加國家管理與政治活動的權利的刑罰方法，是附加刑的一種。）

不發達國家 / 未開發國家

步行街 / 行人徒步區

C

踩點 / 探路

殘次品 / 瑕疵品

長話 / 長途電話

常量 / 常數

廠休 / 休假日

（工廠不上班的日子。）

超聲波 / 超音波

吃小竈 / 享特權

（在團體中享有特殊待遇。）

扯皮 / 踢皮球

（互相推諉責任。）

程序 / 程式

出租車、的士 / 計程車

穿小鞋 / 公報私仇

（利用工作上的職權暗地里陷害他人，"小鞋"有報復的意思。）

傳感器 / 感知器

窗口 / 視窗

磁卡電話 / 卡式電話

磁盤 / 磁碟

搓麻 / 打麻將

痤瘡 / 青春痘

CT機 / 電腦斷層掃描機

D

打的 ／ 搭計程車

打非 ／ 打擊犯罪

打工妹 ／ 女工

打印機 ／ 印表機

大規模集成電路 ／ 大型積體電路

大款 ／ 闊人

大氣污染 ／ 空氣污染

檔次 ／ 等級

導購小姐 ／ 專櫃小姐

登月艙 ／ 登月小艇

低檔 ／ 次級

（等級低。）

低谷 ／ 谷底

（指事業處於狀況極差或不景氣的狀態。）

第二職業 ／ 副職

第一職業 ／ 正職

電視系列片 ／ 電視影集

電子屏幕 ／ 電子看板

（以電腦控制，播放廣告、最新訊息的大熒幕。）

電視病 / 電視症候群

丁克夫妻 / 頂客族

(雙方都有工作收入,但没有養兒育女的夫妻。)

頂班 / 代班

逗悶子 / 開玩笑

獨苗、小太陽 / 獨生子、獨生女

斷檔、脱銷 / 缺貨

E

厄爾尼諾現象 / 聖嬰現象

(每隔幾年,因爲海面水温异常升高,改變氣候型態及生態并造成灾害的异常氣候現象。)

兒童文化宫 / 兒童育樂中心

二流子 / 流氓

F

反應堆 / 核子反應爐

方便面 / 速食面、泡面

分辨率 / 解析度

分成 / 抽成

分数綫 / 最低録取標準

份兒飯 / 套餐

風景微縮區 / 小人國

服務器 / 伺服器

G

干白 / 無糖白葡萄酒

（不含糖分的白葡萄酒，"干"是由英文"dry"翻譯而來。）

崗位津貼 / 職務津貼

崗位培訓 / 在職訓練

高等院校 / 大專院校

高清晰度電視 / 高傳真電視

（熒幕掃描條數多而使畫質較爲清晰的電視，是數字電視標準中最高級的一種，簡稱"高清電視"。）

割肉 / 認賠了結

（資金虧損或股價下跌時，不得不抛售現有的股票。）

高新技術 / 尖端科技

工齡 / 年資

工薪階層 / 上班族

公房 / 公家宿舍

公交站 / 公車站

攻關 / 突破瓶頸

股民 / 股票族、投資大眾

骨質增生 / 長骨刺

光標 / 游標

（電腦顯示屏上的指示標識，借以表示要輸入字符所在的位置。）

光榮榜 / 榮譽榜

歸口管理 / 統籌管理

硅谷 / 矽谷

H

海灣戰爭 / 波斯灣戰爭

漢語拼音 / 羅馬拼音

（以拉丁字母注音來拼寫普通話。）

旱冰場 / 溜冰場

航班 / 班機

航天飛機 / 太空梭

航天技術 / 太空技術

合同工 / 聘雇人員

（以簽訂合同的形式，招募進入公司的員工。）

核電站 / 核能電廠

核試驗 / 核子試爆

紅旗手 / 楷模

紅眼病 / 酸葡萄心理

（因極度嫉妒他人而引發出的負面情緒。）

滑坡 / 下滑

緩沖區 / 暫存區

回頭客 / 老顧客、常客

婚外戀 / 婚外情、外遇

J

激光 / 雷射

激光照排 / 電腦排版

計算器 / 計算機

技術轉讓 ／ 技術轉移

技校 ／ 職業學校

家庭婦男 ／ 家庭主夫

甲肝 ／ Ａ型肝炎

駕校 ／ 駕訓班

兼容 ／ 相容

監督電話 ／ 投訴專線

健美褲 ／ 韵律褲

潔具 ／ 衛浴設備

居民身份證 ／ 國民身份證

掘土機 ／ 怪手

軍婚 ／ 軍人家庭

（夫妻二人中，至少有一人的職業是現役軍人的婚姻。）

K

侃大山 ／ 閑聊

侃價 ／ 殺價、討價還價

侃爺 ／ 蓋仙

（擅長吹牛聊天的人，有諷刺的意味。）

考點　/　考場

考托　/　考托福

科技工業園　/　科學園區

可卡因　/　古柯碱

可視會議　/　視訊會議

空間技術　/　太空科技

空中客車　/　空中巴士

跨學科研究　/　科技整合

快班　/　前段班、A 段班、好班

L

老摳　/　吝嗇鬼

立交橋　/　交流道

練攤　/　擺地攤

列車員　/　車掌

流感　/　流行性感冒

流腦　/　流行性腦炎

録像　/　録影

旅游局　/　觀光局

緑色食品　/　健康食品

M

慢班 / 后段班、放牛班
冒尖 / 突出、頂尖
民辦大學 / 私立大學
命令行 / 命令列
摩的 / 載客的摩托車
磨嘴皮子 / 游說
(爲達到某種目的而不停地用語言說服他
人。)

N

逆反心理 / 叛逆心理

O

歐共體 / 歐洲共同市場

P

批文 / 許可證

朋克 ／ 龐克族

（Punk 的音譯，指衣着、髮型標新立异，喜歡搖滾音樂且性格叛逆的年輕人。）

皮包公司 ／ 空頭公司

評卷 ／ 閱卷

Q

俏貨 ／ 熱門商品

輕騎 ／ 輕型機車

期房 ／ 預售屋

（未開始建造而預先銷售的房屋，大多以樣品房及設計藍圖加以介紹推銷。）

牽頭 ／ 聯絡窗口

（多方合作共事時，由一方負責聯系和組織各方協同工作。）

全綫飄紅 ／ 長紅

（所有股票全部上漲。）

全景電影、環幕電影、球幕電影 ／ 360度電影

R

讓利 ／ 打折、折扣、折價

人工智能 ／ 人工智慧

人流 ／ 墮胎

軟件 ／ 軟體

軟盤 ／ 軟碟

S

上訪 ／ 陳情

上感 ／ 上呼吸道感染

上崗 ／ 工作、值勤

上馬 ／ 開工

上座率 ／ 票房紀錄

攝像機 ／ 攝影機

生物鐘 ／ 生理時鐘

市話 ／ 市內電話

隨機存儲器 ／ 隨機存取記憶體、RAM

（可由電腦或其他裝置暫時寫入或讀取的存儲器。）

鼠標 / 滑鼠

輸液 / 吊點滴

數據庫 / 資料庫

甩賣 / 抛售

雙休日 / 周休二日

速滑 / 快速溜冰

酸牛奶 / 酸乳酪、優酪乳

T

臺式電腦 / 桌上型電腦

太陽竈 / 太陽爐

特級教師 / 優良教師

特快專遞 / 快遞、快捷郵件

特困戶 / 低收入戶

條形碼讀出器 / 條碼閱讀機

統考 / 聯考

統招 / 聯招

土豆 / 馬鈴薯

團伙 / 犯罪集團

脫産學習 / 留職進修

土政策 / 地方政策

（地方政府於國家政策外，自行制定的政策。）

W

外企 / 外商

網絡 / 網路

尾氣測量 / 排氣測量

衛生間 / 廁所、浴室

衛生筷 / 免洗筷

慰問部隊 / 勞軍

文娛活動 / 康樂活動

文字處理 / 文書處理

窩贓 / 買贓

（購買、收藏贓物等不法行為。）

無繩電話 / 無綫電話

X

西紅柿 / 番茄

下訪 / 走訪基層

下崗 / 失業

現房 / 成屋

（已經完工，且可立即出售、交屋的房子。）

小金庫 / 私房錢

芯片 / 晶片、IC片

信息 / 資訊

信息高速公路 / 資訊高速公路

袖標 / 臂章

樣片 / 試映片、試片

遙感技術 / 遙測技術

（利用光學儀器來遙控探測遠距離物體的一
種技術。）

業余活動 / 休閒活動

一步到位 / 一步登天

（不需經過多重的步驟與關卡，就達到最終
的目標。）

乙肝 / B型肝炎

乙腦 ／　日本腦炎

硬件 ／　硬體

硬盤 ／　硬碟

優化 ／　改進、改善

郵遞員 ／　郵差、郵務士

宇航服 ／　太空衣

宇航員 ／　太空人

宇宙飛船 ／　太空船

元器件 ／　元件、零組件

z

扎啤 ／　生啤酒

珍稀動物 ／　稀有動物

知識産權 ／　智慧財產權

知識密集 ／　技術密集

只讀存儲器 ／　唯讀記憶體、ROM

中標 ／　得標

（在投標活動中獲得勝利。）

中考 ／　高中聯考、高職聯考

轉崗 ／　換工作

主存、内存 / 主記憶體

（主存儲器，又稱内存儲器，簡稱内存，是電腦用來儲存數據或程序的部件。）

咨詢公司 / 顧問公司

字段 / 欄位

字符 / 字元

字節 / 位元組、Byte

自學考試 / 學歷鑒定考試

綜合症 / 并發症

走讀生 / 通學生

坐班 / 當班、上班